主编 凌翔

心灵的破晓

穆蕾蕾 著

民主与建设出版社
·北京·

图书在版编目 (CIP) 数据

心灵的破晓 / 穆蕾蕾著 . —北京：民主与建设出版社，2021.11

ISBN 978-7-5139-3694-1

Ⅰ . ①心… Ⅱ . ①穆… Ⅲ . ①散文集—中国—当代 Ⅳ. ① I267

中国版本图书馆 CIP 数据核字（2021）第 212878 号

心灵的破晓

XINLING DE POXIAO

著　　者	穆蕾蕾	
责任编辑	周佩芳	
出版发行	民主与建设出版社有限责任公司	
电　　话	（010）59417747　59419778	
社　　址	北京市海淀区西三环中路 10 号望海楼 E 座 7 层	
邮　　编	100142	
印　　刷	三河市金元印装有限公司	
版　　次	2021 年 12 月第 1 版	
印　　次	2021 年 12 月第 1 次印刷	
开　　本	710 毫米 ×1000 毫米　　1/16	
印　　张	13	
字　　数	200 千字	
书　　号	ISBN 978-7-5139-3694-1	
定　　价	65.00 元	

注：如有印、装质量问题，请与出版社联系。

目 录

第二辑　思湖泛波

第一辑　书海煮酒

假如给黛玉一个苏东坡

一

把这风马牛不相及的两个人物联系到一起，缘于博友孟雪的几篇文章。孟雪在她博上接连写苏东坡的爱情故事，她对东坡的痴迷让我想起自己有一阵子也是这样，于是情不自禁在文后留言：东坡神仙般的人品和才情让他的所有故事听起来都让人无限神往。成为他故事里的女人，多有福气啊，反正我羡慕！留言不到几分钟，孟雪就转过来回："我这几天沉浸在苏东坡的故事里，连丈夫都吃醋了，对我一肚子意见。"我直言不讳回答："如果苏轼肯娶我，我就嫁给他，可惜我没那么幸运"。孟雪的爽快让我来了劲，我回答她："想嫁给苏东坡的女子又何止你一个？要是给黛玉一个苏东坡，没准儿她连宝玉都不要了！宝玉多呆，点都点不醒，而黛玉说什么，难不成担心东坡听不懂？"

那是上周五晚 11 点左右，我回完帖去休息，心里还想着，真是呢，要把时空打乱，可以让从宋代以后的所有女子都挑选历史上的人来嫁，恐怕想嫁给苏东坡的女子排起队来，比从古到今所有皇帝的后宫加起来还多。东坡很有女人缘，瞧瞧他的现世就知道了。他几次遇事，要不是得到仁宗、英宗、神宗的皇后荫庇，早就没命了。这几个女子身为皇后，自然不能像我和孟雪一样，大言不惭地在一起胡说八道。但如果能，难道说她们对东坡的才气和人品没一点倾慕？我一直觉得，女人走向实际，是因为意识到自己情感和精神上虚幻的东西无法满足。在每个女人心底，总有一片类似雾般的空间留给梦幻，若一个男人真能从精神上给予一个女人某种心灵安慰和慰藉，那么颠沛流离、吃糠咽菜的苦难对一个女人来说又算得了什么！女人在这点上都很像，我和孟雪这么说，就代表了我们的一种精神向往。只可惜我的假设不能成立，因为不是从古到今的所有女子都能像我和孟雪一样，有机会就敢把这份喜欢欣赏说出来。而苏东坡若知他有此艳福，竟得后世如此多女子的爱慕喜欢，胜过无数皇帝老儿，其高兴发疯的程度，大约不亚于他一辈子写出那么多的好诗文吧？

这些乱七八糟的思绪一时间涌向脑际，我无端有点小兴奋，洗漱完半天不能入睡。第二天清晨五点多，一睁开眼，进入脑海的还是这些念头。我和孟雪的愿望姑且就免了，我们缺才少貌的，自己有心，东坡老儿还未必有意呢！但如果像我忽然冒出来的那句，是黛玉呢，如果让黛玉遇到东坡，会是怎样一种情缘？

尽管无数的女子都希望能有东坡这样的人做丈夫，但多数男子肯定没几个真正愿意娶黛玉做妻子。黛玉这样的女子，只能装在玻璃瓶里捧在手心，她的好是美丽而削薄的、晶莹而易碎的、不小心就香消玉殒。但东坡是谁？东坡可不是大多数！无数男子加起来也不及东坡一个指头（快瞅瞅，没人骂我吧？）。所以，东坡一定会喜欢黛玉。

当然，我们也不用担心一个真实存在的历史人物和一个虚构小说中的女子怎么能产生这样的一段恋情，我们更不用杞人忧天，如果这样的话，曹雪芹就少了那部伟大的传世之作。人生已经这么荒诞，或许百年之后，我们到了另一个世界，消失前想这一生，也不过觉得，这一生如同一晚，这一场人世纠葛也只如同一个个断断续续的梦。所以，既然是做梦，我们何不把梦做得再好点再美点？我们就在自己的文字里，把现实不能出现的美好设计一下又何妨？我们就让黛玉遇到东坡，来想象一下王子和公主从此生活在一起的幸福生活。其实，在我眼里，真是王子和公主生活在一起，也未必有这两个人生活在一起更有情趣，因为前者只不过是物质的富有而已。

二

林黛玉，苏东坡，单把这两个在心里顶有分量的名字放到一起，我就觉得美好极了。

一个秉绝世姿容笔下有千字，一个具旷古奇才胸中有万卷，他们在一起，最开心的事是什么？我想，是比才。

李清照评价苏东坡说："东坡每事俱不十分用力。古文、书、画皆尔，词亦尔。"李清照对苏东坡的评价居然用了个"不十分用力"，真是给得很有限，当然，这也与李清照本人的才气有关，她是那样绝顶聪明的女子呢，自然距离苏东坡的高度比我们常人近一些。而在我们这些凡人眼里，东坡挥动如椽之笔，如玩儿戏。随随便便一个东西被他拈去，就能妙手成春。而黛玉呢，"笔端蕴秀临霜写""无端诗魔昏侵晓"，把这两个一个下手如雨，一个笔临气吞的人物放在一起写诗作词会怎么样，还真是幸福得猜不到。

有一点可以猜想，他们的结合必然会有这样类似李清照所描述自己和赵明诚在一起的一幕——"余性偶强记，每饭罢，坐归来堂烹茶，指堆积书史，言某事在某书某卷第几页第几行，以中否角胜负，为饮茶先后。中即举杯大笑，至茶倾覆怀中，反不得饮而起。甘心老是乡矣！"如果黛玉和东坡在一起，这样的日子想必经常出现吧，明窗净儿，笔墨纸砚，夫妇相得，夫唱妇随，猜书赌茶，乐之如斯。可以想象，他们的故事必不是像李清照那样，每每以赵明诚的赌输结束，因为黛玉说宝玉："你能一目十行，我就不能过目成诵？"而东坡一样是个博闻强识过目不忘的主，谁赌输还不一定呢！所以，让这两个水平相当的可人儿在一起，玩起来是不是会更多笑语趣闻？

再者是斗嘴，心慧者必然言巧。《红楼梦》里有王熙凤、贾母、尤三姐、红玉的"嘴"。但唯独黛玉的"嘴"和那些"世俗取笑"不同，非常典雅俊则。正如薛宝钗所说："颦儿这促狭嘴，他用'春秋'的法子、把世俗粗话、撮其要、删其繁、比方出来，一句是一句。"而东坡那些变着法子折腾佛印和同僚的故事，我们还听得少吗？他见一个打趣一个的性格，和黛玉不如出一辙？把这两个得理不饶人的主放在一起，将有多少佳话美谈？

三

东坡的结发之妻王弗病逝后，东坡将其于母坟茔旁葬之，并在山头亲手种植了三万株松树以寄哀思。三万株，这是什么样的数字？而且过了十年，东坡为王弗写下了被誉为悼亡词千古第一的《江城子》。东坡第二任妻子王闰之伴随东坡走过他人生中最重要的 25 年，历经乌台诗案，黄州贬谪，在东坡的宦海浮沉中，与之同甘共苦。王闰之也先于东坡逝世，东坡痛断肝肠，写祭文道："我曰归哉，行返丘园。曾不少许，弃我而先。孰迎我门，孰馈我田？已矣奈何！泪尽目干。旅殡国门，我少实恩。惟有同穴，尚蹈此言。呜呼哀哉！"在妻子死后百日，请他的朋友、大画家李龙眠画了十张罗汉像，在请和尚给她诵经超度往来生乐土时，将此十张足以传世的佛像献给了妻子的亡魂。试想，如果黛玉读到这些句子，你说她该感动得如何柔肠寸断？而且黛玉作为《红楼梦》中最深情的一个，尚且能为落花写下《葬花吟》，令天地涕泣，她对人，必然也会爱之拼以性命。她对宝玉的爱不就是拼尽了全部力气最后以身殉情了吗？不朽的爱，多是这样什么也不知畏惧的人产生的。所以，黛玉要是和东坡在一起，还有什么说的，我们就等着被感动得稀里哗啦，找一个翠绿的杯子，来接这些美好的眼泪吧！

　　再者，他们如果遇在一起，对两人的性格形成有好处。东坡一生有过三次婚姻，前两个妻子王弗和王闰之都是好妻子，但好妻子不能说明她们就很能满足东坡的精神需求，东坡一生的疏狂不羁，他居然在一生中为那些妓女写了180多首诗，可见他绝对有着某种精神的无法满足。当然，他最后有个朝云，朝云小东坡许多，能生活在一起，就颇有点精神知己的味道。但朝云怎么能和黛玉的才情相比？要是给东坡一个黛玉，恐怕他也被这小性子的颦儿的美丽和才气折磨的，无暇顾及其他，甘于像陶渊明所写的那样——"愿在衣而为领，承华首之余芳；悲罗襟之宵离，怨秋夜之未央！愿在裳而为带，束窈窕之纤身；嗟温凉之异气，或脱故而服新！"对于黛玉，她遇到东坡，将特别有利于她病情的恢复，心情的好转。你想，东坡再怎么说，也不会拉着女孩子的手，死活要吃人家嘴巴上的胭脂吧！我就瞧不上宝玉这点，他嘴上明明说喜欢黛玉，但表现出来的博爱让人受不了。闻见女孩子的香便走不动；在母亲的眼皮子底下就摘金钏儿的耳坠子，害得人家女孩子跳井；看见宝姐姐雪白的胳膊，就羡慕得胡思乱想，恨自己没福气，发呆得不行，害得黛玉总是心里没根。要是东坡，就不会这样。以东坡的阳光洒脱，他绝对不会让黛玉一再写下"满纸自怜题素怨，片言谁解诉秋心？""孤标傲世偕谁隐，一样花开为底迟？"这样伤感的句子，他一定会比赶不上黛玉才情的宝玉更有办法让黛玉欢心，他一定会用他的诗，把他的心说得清清楚楚。不像宝玉，黛玉试探，他也跟着试探，弄得黛玉到死都没完全明白他的心。东坡会用他对人生的那份旷达和通透，教会黛玉用另一种眼光看待人生。不是吗，瞧瞧东坡儿子的故事——东坡临死前，问儿子："你们说死了好不好？"儿子赶紧回答："好。"东坡问为什么，儿子回答："你想想，若是不好，那些死去的人还不都回来了？千百年没有一个人回来，可见死了一定很好。"智慧吧，东坡的几个儿子，名不见经传，尚且能有如此见识，何况我们具稀世之才的黛玉？黛玉要是练就出这等眼光，你说林妹妹的诗一旦少了那份柔弱纤巧，将会多么厉害，没准中国写诗词的第一把交椅也该换了李清照，交给林妹妹了。而且，以东坡的性情，没准儿看见林妹妹受罪，一个月黑风高之夜，拉着林妹妹逃出潇湘馆，从此浪迹江湖了，而林妹妹没了寄人篱下的心理压力，没了风刀霜剑的言语相逼，在阳光下呼吸着山林的新鲜空气，跑着晒着变得又黑又结实，从此也许就什么病也没有呢！

跟东坡比，宝玉赶不上趟。我觉得，东坡是个天才，而天才是具有很多方面超能力的。比如歌德，歌德因为朋友席勒死时，自己一时疏忽，致使席勒遗体和很多人混在一起无法辨认，心有深深遗憾。于是潜心研究，在终于分辨出席勒遗体的同时，也意外在自然科学上取得成绩，最先发现了人的颅骨。那么要让东坡遇到黛玉，没准东坡就开始潜心研究医学了。而东坡研究医学也是有根有据。他在杭州任知府时，当时该地瘟疫经常发生，百姓死亡很多。东坡就在城里建了一座名叫"安乐"的诊坊，专门为人看病，三年中就治愈了近千病人。他还撰写了医学专著《苏学士方》一书，并且和医学家沈括的《良方》合成《苏沈良方》流传至今。如果让黛玉遇见东坡，先不说东坡的性格对黛玉病情好转有什么影响，就黛玉那点病，难保以东坡的聪明，钻进去就能找出方子，而从此不仅把黛玉的病治好了，中医在治疗肺结核方面还可以提前一大步呢！

你说，还有什么比让黛玉遇见东坡更好？

静静地想：这样的好，在现实中怎么没个影？

隔着时空，隔着深墙大院的门，隔着怎么也走不到一起的距离，他们一个在宋代的阳光下放酒纵歌，一个在清朝的竹前临风洒泪，上帝让一切美好欲饮难掬，除非化为想象。

可如果能那样，让黛玉遇见东坡，就真什么都好？可以想想，对于东坡这样一个没有心计为人旷达的人，在待人接物上总是相对疏忽，他的得力帮手王弗总在屏风后静听，并将自己的建议告知于苏轼。这就让王弗陪伴东坡的这段岁月，是东坡生命里最安恬、最没有宦海沉浮的日子。这些，黛玉能做到？再说，没有这样一再流放的颠沛流离，东坡可能就没有后来对人生的那种达观通透。而黛玉呢，这个生在书香门第的官宦小姐，就真愿意离开那种每天看看书、弹弹琴、缝缝荷包、给鹦鹉教教诗的日子，从此做起家庭主妇，过起冗长的家庭生活？如果这样，恐怕不仅是我，很多人都会对黛玉的喜欢大打折扣呢！我们喜欢黛玉的，不正是她的不食烟火超凡脱俗吗？就像头顶的白云，它要是像烟火一样，总从人家的厨房烟筒里冒出来，我们对它的那份向往和喜欢一定会大打折扣。我们谁都知道，真走进云一样原本只能用来支配想象的生活里，不是掉下来摔死就是活活被饿死。

意识到自己的失败。人家两情相悦还未必呢，我却硬往一起拉。看来一切都是好的，看来不能虚妄地做任何好运及幸福设计，哪怕出于好心。因为所有美好想象一旦想要付诸现实，就是死路一条（这倒很对了，上帝让每条人设计出来的路都通往死路，简直很符合人的处境及归宿）。我们不是上帝，也绝不能做神的主。上帝不让一个人遇到另一个人，就如同上帝让一个人遇到另一个人，都有他的道理。所以，写完这个原本想象会很美好，最后却发现破绽百出的一段奇缘之后，蕴藏在其中的荒唐和奥妙。还是借用《好运设计》中最后的句子来结这个故事的尾比较好——"但我们的设计呢？我看出来了——我又走回来了。我看出来了，我们的设计只能就这样了，我不知道怎么办了，不知道还能怎么办。上帝爱我！我们的设计只剩这一句话了，也许从来就只有这一句话吧。"史铁生的叹息绝望了一些，我的两个主人公黛玉和东坡其实早已有了他们的自足。我想要的就是这句：上帝爱我。我把它改了：上帝爱每个人。所以，爱我们的人生，爱各自的旅途。

孤独的今生今世——遥忆张爱玲

一

有几年没翻张爱玲的书了，怕被她文字叫醒的那股荒凉感顺着毛孔往身心里钻——她富贵没落的出身，盛名凄凉的后来，什么时候想起什么时候叫人心里不是滋味。

但却不能不念着要重读张爱玲的文字。贾平凹羡慕称道：张爱玲的文字如同打水漂，别人的本事也就是在一篇文章中打起那么几个，但张爱玲却能在她的文字里打起连串的水漂。张的文字真是这样一种聪明机灵的好，她的语言如同细碎的石榴籽，你吃一粒有一粒的味道，你吃一把有一把的香甜。她三岁就站在满清遗老面前朗吟"商女不知亡国恨，隔江犹唱后庭花"，可深深浸淫于传统文化又广涉外国文学的她，却能够在走过那么多文字后，让自己的小说不着一点书卷气。她不是那种读了许多书，硬把书卷气往文字里拉，一出语就波澜壮阔气势吓人的作家。

张读了许多书，她对书领悟的那份清楚透彻，竟不是那些皓首穷经的专家搞了一辈子研究能赶上的。小小一本《红楼梦魇》，让搞了五十多年红学研究、著作等身的北大红学专家周汝昌先生自叹莫如。可这样的人读书，竟是胡兰成所说的那样——再烂的市井闲书她都是边骂边笑边要看，再好的书她看过也不收藏更不稀罕。

张是个精灵，她的心透明地亮，是深得文字精髓的一个。她走过了许多书，不带句子不带文，只带走了感觉。而感觉正是文字的魂。张爱玲的文字里少用别人的句子别人的话，她只是用别人的书别人的句子擦亮她的触觉、视觉、味觉、听觉等一切的感觉，她用张爱玲的眼睛、鼻子、嘴巴、耳朵和心灵去领悟感受这个世界，所以，她的东西不着痕迹独一无二。她的文字，你除了不断惊叹那份轻灵的不断跳跃外，学都学不来。她说"桃红的颜色闻得见香气"，又道"马叫好听，马叫像风声"，还说婚礼上一个美国白佬红脸白头发像"杨梅蘸了糖"，说女人的睫毛影子"重得像个小手合在颊上"。所以，当她的文章里随便都能碰到"夏天的日子一连串烧下来，雪亮，绝细的一根线，烧得要断了，又给细细的蝉声连了起来，吱呀，吱呀……"这样的水漂时，你就不要再惊叹，因为那是眼睛有了嗅觉，鼻子有了听觉，触觉里有了视觉的一种全身心打开，只有对万物张开全部感官和心灵的生命才能触摸到这样的微妙和细美。

可也因为这样，埋下了张一生的悲剧。

二

一个现世幸福的人，常常需要把各种感觉闭合，只消麻木地对着现实诸事说句：嗯，不错，不错。而一个好作家却恰恰相反，你需要不断解剖现实中看似没有问题的东西，并从没有问题中看出潜在的问题来。

你必须得非常敏感，非常锐利，你得张开你整个心灵，来迎接飞进你视野和生命中的每一片叶子，每一阵风，和每一个人。这样你才能把握住神在万物之中给你的每一次细小启示。可这样一颗张开的心灵又怎么能指望它不受困于现实，不感到受伤？所以作家的成功常常要拿现实的幸福来作代价，有时甚至是不由自主的，你很难说这个人选择了这个职业，或者这个职业选择了这个人。或许，这是一种双重选择。

而张爱玲明显就是这样一个中选者，她天资绝顶聪明，不幸福的家庭和童年让她极其冷漠极其敏感。尽管她因为早年的不幸已经知道了保护自己，她在银钱上总是两讫，凡事像刀截得分明，从不拖泥带水。她与好朋友炎樱一同上街去咖啡店吃点心，亦必先言明谁付账。她与姑姑分房同居，都锱铢必较。可她在自我保护里，有的还是孩子一样的心。她后来得意地回忆过去，讲她母亲教她如何巧笑，她不笑则已，一笑即张开嘴大笑，又或单是喜滋滋的笑容，连她自己亦忘了是在笑，有点傻里傻气；说母亲教她淑女行走时的姿势，而她永远都是冲冲跌跌，在房里也会三天两天撞着桌椅角，腿上不是磕破皮肤便是淤青；她知道自己计较，后来调皮地给胡兰成说："我姑姑说我是财迷"；她搬印书的白报纸回来，到了公寓门口付车夫小费，都觉得害怕，宁可多些，把钱往那车夫手里一塞，赶忙逃上楼来，都不敢看那车夫的脸。她对这个世界，有的是满心的爱，只是因为世界还给她的一直是伤害，所以她才只敢躲在角落里，悄悄地看，悄悄地感知，悄悄地用一颗孩子的心来欢喜。

所以，当她遭遇胡兰成给予的温暖时，才能付出得如此彻底，败北得如此涂地。

三

"世上但凡有一句话，一件事，是关于张爱玲的，便皆成为好"，和很多"张迷"一样，我也是把张爱玲的所有作品都翻完了，还总想再多知道点什么，才去看《今生今世》；跟无数的读者一样，我也不喜欢胡兰成这个男人，他的《今生今世》，我独翻"民国女子"以及与张爱玲有关的章节，他的童年以及他一生众多的情事，我皆漠不关心一眼带过。可在翻阅"民国女子"这一节时，我又常常忘记了厌恶，忘记了这是一个为我和很多人所不齿的男人，并不断为那轻灵圆润的文笔和别具韵味的遣词功底叫好，甚至读到精彩部分就忍不住掩卷轻笑。

合上书，望着胡兰成那三个字，我又恢复了一本正经。我还是不齿他。可翻完之后的厌恶感到底没那么强烈了，甚至在平静中有了那么一点安心，原来，素日听到张爱玲一些流金泻玉的话，都是从他这里来的。"因为懂得，所以慈悲"，高傲的张爱玲绝对不会轻易说这话，"君子如响"，他虽然算不上个君子，但聪明和才气，的确配得上张爱玲说那么孩子的话："你这个人嘎，我恨不得把你包包起，像个香袋儿，密密的针线缝缝好，放在衣箱里藏藏好。"

又过些日子，再想"民国女子"中的章节和话语时，就觉出这男人的聪明可怕。

我怀疑他到底有没有喜欢过张爱玲，虽然自己说："可天下人要像我这样欢喜她，我亦没有见过"但你看他的喜欢是什么——"谁曾与张爱玲晤面说话，我都当它是件大事，想听听他们说她的人如何生得美，文章如何好"。他自己的喜欢和惊动，无非因为作为《中华日报》和《南华日报》的主笔，这个国学根底深厚，审美水准高妙的男人太明白张爱玲的价值，他是怀着强烈的好奇去看张爱玲的，可一见又未免失望："她又像十七八岁正在成长中，身体与衣裳彼此叛逆。她的神情，是小女孩放学回家，路上一人独行，肚里在想什么心事，遇见小同学叫她，她亦不理，她脸上的那种正经样子。"

张爱玲的不经世事，由此可见一斑了。而胡兰成的感情，也可见一斑。他只是惊讶，他以为自己懂什么叫惊艳，可遇到张爱玲艳和惊全然不是那么回事，他不以为她美，觉得自己并不喜欢她，还只怕伤害她，可他又忍不住和她斗，他也是绝顶聪明又十分自负的，第一次便向她批评今时流行作品，又说她文章的好坏，又要张关心珍重自己的身体生活。更可怕的，他送她到弄堂，在女人堆里混惯了的他并肩和张走时，竟说了句："你的身材这样高，这怎么可以？"只一句，张爱玲先是诧异，后几乎要起反感，最后，两人到底因此反而近了。

是啊，深居简出的张爱玲何尝见人这样说话？

三四回后，张爱玲就变得忽然烦恼忽然凄凉。叫胡不要再去看她，胡很知怎么回事，索性天天都去看她。

爱，真像女人的天敌。

四

只是因为一个阳光不错的午后，一个男人在院子里的草地上搬过一把藤椅，躺着晒太阳看书。只是因为他忽然随意翻到了一本杂志，对这个作者有些好奇，只是因为他前去拜访后，这个从不见外人的作者却忽然动了见这个生人的心，于是这个作者一生欢乐悲喜的门就这样给拉开了。

"于千万人之中遇见你所遇见的人，于千万年之中时间的无涯的荒野里，没有早一步，也没有晚一步，刚巧遇上了，那也没有别的话可说，唯有轻轻地问一声：噢，你也在这里？"

张爱玲在《爱》中的这段正是她与胡兰成的写照，时年张爱玲二十三岁，胡兰成三十八岁。

静好的岁月安稳的现世只短短几月。但那些日子好得让我这样一个隔了几十年后的读者翻起来，都觉得不忍像别人那样来责备胡的负心。

好像无论结局如何，一辈子有了这样美好的底子，满头银发的时候也有了回忆可来滋养。

三月的上海，房间里的墙壁上一点斜阳，如梦如幻，两人像金箔银纸剪贴的人形并坐同看一本书，好像"照花前后镜，花面交相映"，彼此间相互倾慕，相互尊重，融洽如蜜。同品诗词佳句，共赏西洋画章，闻佳句而皆惊。胡兰成说张爱玲是"民国世界的临水照花人"，又道他与这样的一个水晶心肝玻璃人儿在一起，过的日子是"桐花万里路，连朝语不息"。在那些日子里，他们真是把比喻和才华随处挥霍卖弄，那些言语听一遍，你会笑一遍。看一遍，你会羡慕一遍。

胡兰成说张爱玲："你的脸好大，像平原缅邈，山河浩荡。"张爱玲大笑："像平原是大而平坦，这样的脸好不怕人。"胡兰成觉得张爱玲走路好看，想形容找不出词，张爱玲马上提醒："《金瓶梅》里写孟玉楼，行走时香风细细，坐下时淹然百媚。"胡兰成说淹然两字真是好，爱玲道："有人虽遇见怎样的好东西亦滴水不入，有人却像丝绵蘸着了胭脂，即刻渗开得一塌糊涂。"胡兰成问："那我们两人在一起时呢"？张道："你像一个小鹿在溪里吃水。"

张爱玲出语里的才气多么让人惊心和欢喜啊！

她高兴时，看着胡兰成不胜自喜，用手抚指说："你的眉毛""你的眼睛""你的嘴，你嘴角这里的窝我喜欢。"她叫他"兰成"，胡兰成不知道如何答应。他总不当面叫她名字，与人是说张爱玲，张爱玲要胡叫来听听，胡十分无奈，只叫得一声"爱玲"，登时很狼狈，她也听了诧异，道："啊？"

张爱玲后来能对胡兰成的忍让到那样的地步，实在是因为这样美好的话，恐怕一辈子没得个人可说。

所以，张爱玲兀自欢喜又诧异，不断地摇着胡兰成只管问："你的人是真的么？你和我这样在一起是真的么？"

当时亦不知，后世亦不知。真真假假，假假真真。真假或许并不重要，重要的是，那时桐花分外好。

五

胡兰成留下一部《今生今世》，被赞为"慧美双修"，尽管碍于大家对张爱玲的爱和胡兰成本人的身份，评者都很是顾忌。可仍有当时和后世不少名家在赞叹："胡兰成堪称翘楚，其人可废，其文却不可因人而废。"

可就是这样的一个才子，在张爱玲面前，也自愧他一张口想说些什么，"就像生手拉胡琴，辛苦吃力，仍道不着正字眼"。他自认他的古文可以在张爱玲面前卖弄，及至他读到"倬彼云汉，昭回於天"，爱玲一惊："啊！真真的是大旱年岁。"又《古诗十九首》念到："燕赵多佳人，美者颜如玉，被服罗裳衣，当户理清曲。"张诧异道："真是贞洁，那是妓女呀！"他才发现，原来他以为读懂的句子全部都没有读懂。

张爱玲的确极其聪明，可她的聪明是心的聪明，她的心底无染，所以，才能在这些东西的领悟上更胜胡兰成一筹。但胡兰成的聪明是在现实上，他为什么初见张爱玲觉得什么都不对，因为张笔下的男女，漂亮又机警，惯会风里言风里语，做张做致，再带几分玩世不恭，他看她的文章，只觉她什么都晓得，其实她却世事经历得很少，如同中学生，及至相处久了，他发现她是天道无亲，天道无情，有点不通人情世故，甚至对于世事，近乎白痴。

胡兰成的聪明，用他的话讲叫糊涂，其实胡兰成一点都不糊涂，他要的就是现实的舒适自在，他在政治上成了汉奸也是因为他只图一时之欢。他说他不知什么叫"爱"，那是西洋的词。他只认得一个"欢"字，一切皆从这个"欢"字里出。"爱"不过是欢情之后，有了"恩情"。

他在乎的就是"今日相乐，皆当喜欢"，千古文字中埋着无数的东西让人可以孕育观点，可胡兰成就取了这样的结论，你奈他何？

胡兰成说他们的个性如同冰炭，他又说："不懂得亦可以做知音。"这个男人，真是可怕。

其实他们并非不懂，只是懂了，你也是你，我也是我。而世上所谓的知音和知己，大凡就是在路上走着时遇到了的半懂不懂，及至懂了，就会发现，素日以为的懂，都只是一些自以为是。清醒过来，你会发现，往日多是鼻子把气出给眼睛，嘴巴把话说给头发。

六

可城池却已全部沦陷。

胡兰成遇到张爱玲已是第三次的婚姻，离开张爱玲，马上又有新欢。感情上，放不下的从来都是女人。直到张爱玲赶去杭州看胡兰成，想到的句子里依然是灯是爱："我从诸暨丽水来，路上想着这是你走过的，及在船上望得见温州城了，想着你就在着那里，这温州城就像含有珠宝在放光。"

然而，一见心碎。

可她依然能容他，直到某个日子，他听见胡兰成叫那个女人妻，她才难受了。对她这样的女子来说，她遇到胡兰成不在乎胡兰成的过去，亦没想过和他的未来。可没有一个人的爱能大度到不在乎一点的回报。爱可以是心有灵犀的那种空谷回响，却不能是对牛弹琴的这样伤心绝望。

她走了。胡兰成送她，天下着雨。不几日她有信来："那天船将开时，你回岸上去了，我一人在雨中撑伞在船舷边，对着滔滔黄浪，伫立涕泣久之。"

以胡兰成这样多情的浪子看张爱玲，都觉得张爱玲是个天道无亲，天道无情，陌上游春花，亦不落情缘的一个人。他甚至看不起张爱玲的"财迷"，可张爱玲到底在爱的面前换了一个人。分手后，她还不断接济他。他们日渐稀疏后，1947年春天之时，张爱玲的信亦有了"我觉得要渐渐地不认识你了"之类的词句时，但她仍常给他寄钱，用自己的稿费接济他。1947年11月，胡兰成又悄悄来到上海，他在张爱玲处住了一夜，又问张爱玲对自己写的那篇含有与小周交往内容的《武汉记》印象如何，又谈起与范秀美的事，张爱玲十分冷淡。当夜，二人分室而居。第二天清晨，胡兰成去张爱玲的床前，俯身吻她，她伸出双手紧抱着他，泪涕涟涟，哽咽中一句"兰成"就再也说不出话来。

这是两人最后一次见面。

后来，胡兰成收到张爱玲的诀别信："我已经不喜欢你了。你是早已经不喜欢我的了。这次的决心，是我经过一年半的长时间考虑的。彼惟时以小吉故（'小吉'，小劫，劫难之隐语），不欲增加你的困难。你不要来寻我，即或写信来，我亦是不看的了。"随信还附加了30万元钱，那是爱玲新写的电视剧本《不了情》《太太万岁》的稿费。

这就是财迷，这就是天道无亲、天道无情，这就是陌上游春花，亦不落情缘……

七

一场情感，彻底挫伤了这个女子。

虽然她意识到时，就在犹豫再三后自救般地跟胡兰成决绝："我想过，我倘使不得不离开你，亦不致寻短见，亦不能够再爱别人，我将只是萎谢了！"

可她到底枯了。那场爱里，她爱得伤心、伤情、伤了灵性。这创伤，不仅影响了她的生活，而且影响了她的创作。她勤奋的笔耕慢了，生花的笔开得淡了。全身心品味的感觉钝化了，对意态情致的体悟淡泊了。张爱玲风格弱化了。

她一生都因为和他的纠葛，搞得政治上永远有颜色永远说不清，最后一个人远走他乡去了美国。

胡兰成和张爱玲分手后，曾想通过张爱玲的挚友炎樱从中缓和关系，他写信给炎樱，那信很美："爱玲是美貌佳人红灯坐，而你如映在她窗纸上的梅花，我今惟托梅花以陈辞。佛经里有阿修罗，采四天下花，于海酿酒不成，我有时亦如此惊怅自失。又《聊斋》里香玉泫然曰：'妾昔花之神，故凝今是花之魂，故虚，君日以一杯水溉其根株，妾当得活。明年此时报君恩。'年来我变得不像往常，亦惟冀爱玲以一杯水溉其根株耳，然又如何可言耶？"

炎樱没有理他，张爱玲也没有理他。

胡写《今生今世》据说也期盼换得张爱玲的原谅，他托着张爱玲沉甸甸的恩和情，怀着何种复杂的心情写下："爱玲是我的不是我的，也都一样，有她在世上就好。"

也算是一点浪子的真心了。

可他不明白，此时已毫无关系。不能放弃时，她能屈尊就卑，为他一再小地低到尘埃里，可一旦放下了，就成了现世的两重天，各不相干。

八

"胡是晴天日头的，现世的，喜滋滋的人，张却是乱世里的一点小甜头，小蜡炬。他们能够互相懂得片刻一隅，已经很是难得。——谁也不能借谁半分光明，唯有天各一方是他们的正途"。

谁也不能借谁半分光明，这话，真真的好。

谁的今生今世，也莫过于此。

吵架的实质

从小就讨厌人吵架，因为我父母吵了一辈子。后来我结婚，也和老公吵。周围同学朋友甚至家里弟妹结婚，两口子也会吵。我一直视吵架为没有爱的表现。特别是父母，有几次吵架都到了极端的地步，我觉得人真软弱，婚姻到了这种程度还要维持。为此蠢蠢欲动，我也想要等机缘成熟，赶紧跟老公离婚，免得不断制造口业，未来吵架吵到像我父母那样不可遏制的程度。可今年有一次，全家人出去吃饭，父亲突然跌倒，磕破了脸。当时在场，最害怕最受惊吓也最无法接受的，是母亲。从她的担心程度，我才感觉到，她对我父亲的感情之深。虽然他俩平时也总在吵，但随着自己对这些东西的理解，我对吵架的看法慢慢变了。好像我开始容许吵架这种行为存在，从心理上不再想要彻底消灭它了。

吵架，其实是两个生命的深度交流。是两个自我，两套价值观，两套运作模式在遇到事时，无可避免的碰撞。要弄清楚吵架的原因，必须先知道交流的实质。有人说，两个人沟通时，其实是四个人在交流：真正的你，真正的他，你以为的他，他以为的你。也就是大家无法看到对方的真实，而大家无法看到对方的真实，主要缘于人无法看到自己的真实——这就是说认识自己，为何是最重要的哲学难题了，对这个的理解程度，将完全决定你对世界，对人的理解，以及你对自己的解缚程度。

活着，常常很难避免争吵。人与人之间三观的不同，导致遇事时完全不同的反应，会引起冲突。国与国之间利益导致的分歧，也曾经在古今引起过无数伤害与战争。这其实都是内在意识形态导致的。也就是说，每个人每个国家都想要争取自由，可已经根植在其中的思想意识，恰恰是其无法自由的根源。而思想意识如何形成？有先天带来的，更多是后天教育和环境习得的。

宗萨曾经这么谈交流：我们活着时，会使用一组自己独有的过滤器来理解、交流和互动。每个人的个人过滤器决定了他的所见所闻，所以我们没有人能在活着的时候看见事物的赤裸本貌。我们的眼睛不是照相机，仅仅捕捉位于自己正前方的任何景象。因为我们的眼睛是由我们的心驱动，心会根据文化制约、过往包袱、阅读的书籍、喝的咖啡、交往的人等，选择要记录哪些图像以及如何解读这些图像。因此，观看的主体、观看的行为和我们所有的个人影响都是在心中经过过滤；我们的各种解读也是在心中汇集在一起，创造出希望、恐惧、误解等现象。

这句话说明什么？你的看法和感觉，属于你。你看世界的方式，和任何人都无关，用心理学的方式讲，那都是你脑子里化学反应的结果，你的观点出自你自己的信条系统。用佛经智慧讲，每个人之所以看到独一无二的哈姆雷特，是由自己的业力决定。

基于这一点，每个人都不是和别人争吵，是他们真实的局限就只能那样认为，虽然你以为别人可以不那么认为，可别人并不能如此自由。吵架，就像筷子和筷子碰撞一样无可避免。有人这么分析吵架，说吵架的双方，彼此都认为自己正确。但正确在哪里？正确是我认为，不正确在哪里，不正确也是我认为，正确和不正确都在我的认为里，和别人有什么关系。所以一切吵架都是谁在吵？都和自己在吵，自己脑袋里的观点在相互争吵。所以，一旦争吵发生了，就要收回能量赶紧向内在看，看自己什么信念系统，又引起自己的不舒服，和与他人的冲突了，慢慢在觉知中，融化自己内在的二元对立。托马斯·哈定说："想变得更好，就是认真面对最糟糕的部分，并发自内心接纳它"。那么对于吵架，首先不要排斥，要看清楚什么引起的，把外归因，变成内归因，这就好办了许多。而内归因后，亦不要谴责自己，因为这种谴责会导致反弹。实质上，这世上，真的不曾有一个全然接纳自己的人。如果有，那么这样的人对外是没有谴责的，因为谴责别人的人都在谴责自己，如果一个人真的接纳了自己，他彻底经过并溶解了那部分，他没有谴责这种能量存在。所以，要感谢那不好的能量，总是最坏的部分推我们不断成长。

内归因后，观察自己，我们就会发现，人看不见任何外在人事的真实，人能看到的一切，都是自己心的投射所呈现。这其实很符合量子力学的观察者原理，主观观察改变客观结果。而量子力学还讲过一对量子纠缠的粒子，一个是顺时针旋转，一个逆时针旋转，一个上下振动，一个就水平振动。如此相反的粒子，它们却来自同一束光源，性质完全相同。相反的产生了纠缠，而不是相同的，就像对错，爱恨，好坏，在我们头脑中互相纠缠（在此，请一定要诚实面对自己，耶稣说恶并不来自外在，恶在我们内心能取出恶的地方），它们要证明什么，它们要证明它们是一个，证明它们等无差别，证明它们本为左膀右臂，证明它们在融合中，可以相互取消一切所见——这个漫长的功课，需要我们用一生来做。

如果这太难了，我们回到简单处，如果有人评判你，说你如何如何，不要认为这话跟你有什么关系。这话只代表对方的感觉、信条和观点，是他在投射。看见他的投射，不用跟着他的投射继续绵延投射——也就是认为这句话和你有关系，你就斩断了最关键的那根纠缠之线。同时也要看清自己的投射，不钻进别人织就的思维之网，同时也不让自己去织就这样的网，去套自己套别人，如此世界顿时了了分明，毫无问题。

对于这点，心理学家马歇尔·卢森堡也说过："我知道如何回应你，当你说我做了什么或没做什么，我也可以回应你的评论，但请不要把两者混淆。如果你想把任何事情搅混，我可以告诉你怎么做：把我做的事情，和你的反应混为一谈。"——总之，如果不把事实和意见混为一谈，不在事情发生时，参与了自己的认为与情绪，就会少很多的迷局与困惑。而其实，时迷时悟是人的常态。但要信任人都能在关系中成长，人皆有灵，都能反思，都能迎来自己心灵的柳暗花明。事实上，我发觉每次和老公吵架，再吵都还是为他着想，吵过后还是能看见自己的问题，明白别人的优点。即使吵架中我感觉不到爱了，可爱并不是因为我感觉不到而消失。因为吵架是自我和模式的碰撞，爱根本不在那个层面上。如果能看穿人我模式，就会跳出自我看争执，就知道爱从未远离，一直审视陪伴着自己。

知道爱从未远离，即使发生战争，爱都在那里，没有参与，等着我们回头，这多么幸福！自我很复杂，思想很复杂，念头很复杂，但爱很单纯，爱最简单，它就像空气一样，时刻供你呼吸。爱从来不变，你永远爱每个人，只是自己经常不知道。知道了，你就幸福无比，别人爱不爱你，你都爱别人，因为生命本身就是爱，你改变不了这个性质，你忘记了，你就会非常痛苦，你意识到了，你就觉得自己的爱根本花不完，根本不劳别人赠予。或者说，每个人都在赠予你无穷无尽的爱，你也在这么赠予别人，只是经常陷入看不到。

如果暂时改变不了争执的习气，那就顺其自然吧，反正你又不会把爱吵坏。克里希那穆提说：如果你看到自己身上的暴力这个事实，而不企图变得不暴力——那不是事实——那么你就会看清暴力的本质和复杂性；你会发现，如果你倾听自己的暴力，它就会显露出自己的本质。你自己就可以了解它。当你洞察了你的暴力并且行动，暴力就彻底终结了。

如果你看到吵架是每个人在如实地向宇宙发射定位系统，告诉你，我在什么位置，如何才能不和我发生碰撞，你就会绕开，选择智慧的方式。而你如果更能深入意识到，好坏一如，对错一如，心如幻化，念念皆空，你就会什么都不执着，因为你连自己也执着不到啊。不执幻，幻自然很快消失，只有执实的东西才能碰伤啊。

心，是多出来的那块砖

秋，清冷而寂寥。那种疏离感间再飘点细雨，简直美得让人心颤。任何一幅画面凝视一下，都有油画的味道。而她，则不时在凝视中跌入恍惚，忘了身在何处，也打捞不到在眼前不断虚化流逝的万物。

恍惚，常常包围着她。就像伸手去费劲把一些事物拨弄明白，很快那可怜的一点明晰就被合拢的水流弥合淹没。似乎，人们处在一个巨大而相互交错的河流中。每个事物都自带洪流，在自己的道路上生死不息，也经历着相互间这样交错的生死不息。最可怕的是那速度之快，就是一念。据说一念间人们已经历经九百生灭，那么这些粗钝的意识，如何拿来去感受真实，感受人己？除了感觉恍惚，她还有什么更好的感觉，形容自己对这迷离存在的可怜认识。

所以，走在哪里，她都有点做梦一般的不真实。也自知，无论夜里睡多久，她还是不够清醒。哪怕眼睛依然有一点五的视力，可隔开她和事物的，依然是一花一世界，一念一乾坤之巨大。但一无所知的限定，也容易令浮躁的心尘埃落定。反正，就是沙粒一样渺小的存在，就是这生生灭灭又如同从未生灭的相之交错，太当真了，哪一次被重重围困的，不是自己？

可是，每一天她还在迷宫中走着。无论脚踩在何处，一个想法，一个信念，人就朝着迷宫走去了。似乎在她的里面有一个世界，供那个意识的她行走。而在这世间，它偶尔瞟几眼吃喝拉撒的她之肉身，或者，她偶尔能看到它。不倒翁是如何垒成的？它是一重。她是一重。外围又是虚无缥缈的另一重在上演着。最像的，就是《盗梦空间》了。可惜那部电影，她一直没看懂。就像她看不懂这世间的种种梦境，只是觉得它们像水泡，捅破一层，又迅速形成另一层。

那些能带走很多人的尘世大梦，却带不走她。有些东西大概是骨子里天生就有的。有些人一出生就能深深入梦。而她一出生就发现哪里不对劲，总想把帷幕拉开看看后台。这是一种多么痛苦的感觉。一出生就和人不一样。不是不能一样，而是感觉一样的无聊无趣。一辈子，都像是多出来的一块砖，砌在哪里都不合尺寸，不合规则。但她又甘心被边缘化，乐于享受那份清冷与寂静。然后，再寻找那些有智慧的心灵，借他们夹在纸页间的心力，往上艰难攀登。

这一路走来，也有太多可供驻足的舒适之地。每一次，就差那么一点，心就可以被挂住了。但就差那么一点，心又逃脱了。似乎每一个曾经期待的礼物一经打开，内核都是空空如也。以至于她的失望感没法把它继续拎着。于是，又一个人走上渺无人烟的探索之境。别人走在哪里，她不知道。她一直走在自己心里。哪怕路过一个又一个地方，一个又一个人，她也是借对方之手，在翻阅着自己的心，在翻阅着自己内在那无法自见的故乡之原风景。

风景中的森林之阴冷孤寂让人酸楚，但旷野之辽阔浩瀚又让人永怀期待。因为她发现，森林的丰富与无限，超出她的想象。旷野的寓意与存在，也超出她的想象。当然每个人都是。但她在没有把自己这把钥匙拧动之前，关于世界，关于他人，永远是隔层的，是无法见其本来面目的。正所谓"共我不相见，对面似千山"，而自己，永远是共我的入口，或者彼此的分界线。

这人间，于是就再也带不走她了。她的能量反复向回收，愿意相处和交流的，是个别于这些奥秘有所探索和深入的人。但更多时候，还是这样，和自己在一起。看自己折腾，看自己起伏，看自己把别人拉进来，一起搅拌折腾。过后，就像心里刮风一样，风过地静，说到底，还是什么也未曾发生。

那么努力想要求索的，都不过是在刻舟求剑。船过境过，没有任何可以寻找之物和索求之境。似乎就是放过，放过。放下，放下。反复放下对境的黏着，对人事的执着。除此之外，还有什么呢？每次都是认假当真导致的作茧自缚。每次，都是妄想打深导致的画地为牢。

一个人竟然可以这么愚蠢，反复于同一处不断被羁绊。一个人竟然会被比自己内在那比灰尘还轻无的一念，反复捕获戏弄。于是她什么都不能做了。她要尝试控制那废弃生锈的开关。心念的开关。并且经受不知道从哪里来的电流，一次次把她击昏，击到无意识。然后爬起来，再来对峙一念对自己的左右。

一场和自我的战争，就这样彻底拉开了帷幕。世界于她，开始变得和任何人都没有关系了。如果有关系，也就是感谢一次次的对境，又提醒了自己一次又一次的愚蠢。除此之外，还有什么呢？

只是这样的心，未免太用力了。用力到她有时会累到极点。然而，就在松手时，她也松开了自己。

于是看见：天地晴明，虚空了了。而心，明显是多出来的一块砖。连同她自己，也是。

人的精神家园

一

"小时侯 / 乡愁是一枚小小的邮票 / 我在这头 / 母亲在那头 / ……"余光中的这首《乡愁》可谓耳熟能详，家喻户晓。一首短短的小诗何以能如此打动人心呢？那股浓浓的乡愁为什么在每个人的一生中竟都挥之不去？

美国作家福克纳在年轻时代走南闯北，从事过很多职业，写过不少东西。后在写作的路上也一度遇到困难。直到他想起故乡，想起"家乡那邮票一样的地方倒也值得写一写"，并意识到这邮票一样大小的地方给予他的东西，只怕一辈子也写不完，于是再次进入创作的高峰。

为什么一枚邮票大小的地方，却在一个人的心里能蕴积着如此大能量？童年，这人一生微乎其微的一段时间历程，心智尚且如此懵懂，竟能赋予人如此大的影响，使一个人一生都弥漫在最初的记忆中，这股

"根"的力量，到底来自哪里？童年给予人一生的影响，到底意味着什么？

我也是已过三十的人了，在这世界上上学花去十多年，工作花去十年。可想起来那么漫长的上学工作过程，好像也就几天，很多时候，都是大量相似的日子在记忆中没有感觉的重复。但童年呢，那不算很长的日子，随着年岁增加，非但没有淡去，反而越来越浓烈。和一生那长长的毫无感觉的日子相比，童年短短的时光，好像在记忆中留下了太多太有感觉的东西。我常审视自己，发现童年的好多事过去了这么多年，不是被我忘记了，而是被我记得越来越清晰，在成长中我甚至对记忆储存的这段时光做着有意无意的修整打理，使它不但不能被忘记，而且越来越根深繁复起来。

回想这些年，后来许多经历的事情好像都是有意无意地不断唤醒着童年的记忆。以至于当时看起来不起眼的事情，以后想起，却满带着温馨的色彩——人性深处朴素的温暖，大自然那种无声无息的美给予的感动，第一次和妹妹做了坏事还偷乐一把的喜悦，差点被水淹死死里逃生后的狂喜，每天沿着上万亩的苹果花田去上学被香熏得晕头转向，打死蜜蜂偷吃蜜蜂屁股上的蜂蜜，在下过雨的麦场上把小蟾蜍一个个用脚踩死听响声，爬在树上咬长在树上没有成熟的苹果，却不摘下来，被大人发现，就把恶行派给老鼠，在收割完麦子黄色的土地上戴着草帽边捡麦穗边唱歌……这样的事，大概说几天几夜也说不完。

当然，过去也绝非那么纯粹，童年的记忆一样充斥着贫穷艰难。发大水时和姥姥逃难，我边走边哭，死活要住姥爷那搭建在高树上的房子里躲水灾。每年"六一"儿童节，表演节目没有新衣服，只好在这一天不去上学，躲在角落看着队伍走远内心充满羡慕。那寒冷、饥饿、贫穷给予我的自卑与哭泣将终生无法忘记。但这些东西似乎又都会在无声无息的大自然中得到安慰。比如挨了母亲的打，一个人站在麦田里，想着怎样逃走，再也不回家，却忽然发现雨后初晴的河岭上那片林子里长出许许多多可爱的蘑菇，高兴得一下子忘乎所以；正饥饿着，放学的路边发现了一串串野草莓、还有谁家树下落了一地的紫桑葚；母鸡下蛋后还没来得及叫，就被我们赶远，偷偷拿鸡蛋换大豆吃；割草时，发现妹妹不好好干活正要斥责，却发现她用树叶子拼命压住胸口，仅仅是怕镰刀割破的伤口不断流血，让我看了担心；初一清晨去祭奠姥爷，回来的河岸上，夕阳洒在河边，将雪和河水染成红色，在悄无声息里屏住呼吸，接受平生第一次震撼心灵的美之洗礼。这一切，难道都不是心灵的一种安慰吗？

人的性情和追求，其实早在童年时代就已不知不觉定性了，你感受过质朴善良，你就对邪恶有了某种免疫；你感受过那份让你说不出的感动，就知道什么东西应该紧紧追随。甚至因为你很多次仰望星空，或者经历过身边那种因贫穷而带来的生命的过早离去，你就会对生死问题一辈子纠缠不清。只是人往往一定要走过多少年，才能像河流一样，回望一下，直到它那蜿蜒汹涌波浪滔天，都来自小小泉眼的清澈给予。

我们一生的影响都要回溯到童年，童年那些记忆，那些乡愁缭绕，一枚邮票的影响，那些我们后来的学习，工作，经历都不过是潜意识里童年生活和梦想的演绎延续，这种对人一生近乎覆盖的影响到底意味着什么？它是不是说明，童年就是一个人一生生活的来处，我们的成长，都是来自这样一个根？上帝在强调童年重要性、强调根的重要性的同时，是不是也在向我们说明，人的生命里，都有着回溯心理？有某种力量，就非向要我们来处追问，寻找这股力量的来源？

二

追回到生命之初，可童年那股力量，又是吸收了什么地方的营养，使我们能够在看似最无知的时候，吸取最多的东西？或者，它本身就带着某种信息和力量？它是不是就如同苏格拉底所说的那样，人一生下来，本来就带有某种记忆，人学习的过程，不过是在经历感受的过程中被唤醒这种记忆？

宝玉一见黛玉就说：这个妹妹我见过。他自然不知道他前世就是赤霞宫里的神瑛侍者，更不知道黛玉就是绛珠仙草以毕生之泪还他灌溉之恩。但问题是，他这份亲切感来自哪里？为什么存在着倾盖如故、白头如新？我们每个人几乎都有这样的感受，我们性格截然不同，我们都按自己的喜好来选择自己的路，我们就是有自己的固执与喜欢，嗜好某些食物，喜欢某类人，某种书籍。我们的这份喜好到底来自哪里？为什么独独钟情于这一类东西、这一类思想、这一类人，而不是其他呢？谁在帮我们做意识里某种选择？难道这不很像苏格拉底那些观点，我们在选择之先，本身就携带着有某种记忆某种信息，我们之后遇到那些人、事、物，不过是不断唤醒这些潜在于心底的沉睡感觉？

而这股子潜在的信息又是什么，它到底来自哪里？

这是一个不问没关系，一问的确容易犯糊涂的问题。弗洛伊德问了一下，他掉进了自己的迷窟中，一辈子研究精神病而自己也在精神病的迷窟里不能自拔；荷尔德林想了一下，年纪轻轻就疯掉了；当然，还有尼采，他想到了，觉得里面一团大雾，反身就否定，最后也拔着头发疯了。那些科学家不像哲学家、思想家，他们不相信，决定做研究，用实验来证明。牛顿证明了一辈子，晚年还是陷入宗教的旋涡；爱因斯坦就更有意思，研究了一辈子科学，还是承认，世界有个先定的和谐，他说所谓科学家的研究，就是使自己更接近这个和谐。滑稽的是，爱因斯坦明明是个科学家，但他的物理研究已不能用任何物理仪器来证明，爱因斯坦是凭着自己大脑中理论的合理想象，想出他的广义狭义相对论。而我们整个现代科学的发展，都是依仗于这堆虚幻的思维想象。而爱因斯坦因科学研究说出的那些话，简直如同思想家哲学家一样耐人琢磨，结果被哲学家和神学家广为引用。爱因斯坦也自言，他不知道自己头脑里忽然出现的思维来自哪里，他后来甚至称，在科学的研究中需要加入感觉，他对感觉的强调，影响了海森堡，直接导致了很含宿命论的海森堡测不准原理，而测不准原理又直接导致科学向量子力学的分支发展而去。到了老年，我们那长相颇似上帝的爱因斯坦，开始研究"人的思维到底是怎么一回事"？琢磨的结果是，他陷入迷茫和不知，再没有任何新的科学研究成果。另一个现代物理学之父霍金的成就可以说直逼牛顿和爱因斯坦，但你瞧瞧他的研究成果——科学研究发现，我们的宇宙正以膨胀的速度向外漫溢，由此经过一系列的分析研究，结果是我们的宇宙由一场大爆炸引起的，而既然爆炸，当然有爆炸点，最后的推理是，我们的宇宙来自一个点，一个充满能量的点。霍金自言自语：我能想象出宇宙的样子，但我想象不出这一切为什么会这样？他还说，科学研究的结果就是，总有一天你会发现你研究的东西突然不见了。霍金本人的出现也好像这个奇点的证明。瞧瞧那坐在轮椅上的人——患"肌肉萎缩性脊髓侧索硬化症"（运动神经元疾病、卢伽雷病），半身不遂，丧失语言能力，表达思想唯一的工具是一台电脑声音合成器。他用仅能活动的几个手指操纵一个特制的鼠标器在电脑屏幕上选择字母、单词来造句，然后通过电脑播放声音，通常制造一个句子要 5、6 分钟，为了合成一个小时的录音演讲要准备 10 天。就是这样的一个人他创立了黑洞学说，奇点学说，大爆炸理论，融合了 20 世纪另一个最伟大的理论——量子理论，而他自己简直就是奇点理论的代名词，浑身几乎没有一个东西是有用的，除了大脑。他的身体似乎就是上帝竖在人间用以宣告奇点理论的广告牌——他宣告了人类所谓吃喝拉撒的没用，而只证明了那个蕴含神奇的点的有用。霍金在《时间简史》的最后也承认，"我们发现处于使人为难的世界中"。他只好呼喊哲学家的进去："大部分科学家太忙于发展描述宇宙为何物的理论，以至于没工夫去过问为什么的问题。另一方面，以寻根究底为己任的哲学家不能跟得上科学理论的进步。在 18 世纪，哲学家将包括科学在内的整个人类知识当作他们的领域，并讨论诸如宇宙有无开初的问题。然而，在 19 和 20 世纪，科学变得对哲学家，或除了少数专家以外的任何人而言，过于技术性和数字化了。"哲学家如此地缩小他们的质疑范围，以至于连维特根斯坦——这位本世纪最著名的哲学家都说道："哲学仅余下的任务是语言分析。""这是从亚里士多德到康德以来哲学的伟大传统的何等的堕落！"霍金为什么会发出这样的呼喊呢，因为科学再次宣告了它的有限它的不能，科学也在呼吁某种力量，呼唤着哲学的思考将科学发展的成果以及科学遇到的困惑结合起来，让人类更接近那神秘的真相。

所以，我一直在想，所谓这些哲学家和科学家的出现以及研究成果，伟大的意义似乎不主要是那个结论，也不是对我们所谓的经济发展太空事业的促进推动，而只在促进人们看问题的角度和广度，令人们反思那些习以为常的问题到底是表象，还是真理。比如康德，在康德之前，人们认识事物，都是向外部事物看齐。但从康德开始，却忽然知道向内问。康德认为，人其实只能知道自然科学让我们认识到的东西，对于其他，一无所知。康德把这一思维方法与哥白尼的"日心说"相比较：哥白尼以前，人们认为一切星球围着我们地球转，哥白尼却说，我们地球是在围着其他星球转。我引用康德的这一理论，绝非只为他那个结论——人是万物的尺度。我是想证实康德所说的——我们怎么知道上帝让我们自己看到的那个事物，就是上帝想让我们看到的事物本来面目？我们怎么知道自己不是柏拉图《理想国》描述的那群囚犯，在一个洞穴中，手脚被绑，无法转身，只能背对着洞口。最后就把那面白墙上看到的自己以及身后到火堆之间事物的影子，误以为是真实的东西？

实质上，真实的事物凭人类的力量一直都无法知道。人类发展的长河不是在一直这样否定自己以前的认知吗？寻思一下人类认识事物的过程，难道不正是一点点从表及里，从外到内吗？人类科学和历史长河的发展一再证明人类的有限和无知，尽管人类一直利用他所谓有限的聪明才智，将事物的表面模糊扩大导致自我的迷失，但又一直被那个神奇的力量引导着，走向着回溯，内省，真相——这神奇的吸引，不正像霍金描述的奇点吗？

你把这一切归结为什么？

我想到霍金书中提到的两个字：上帝。

<h1 style="text-align:center">三</h1>

前段时间新浪网在搞"当代读者最喜爱的100位华语作家"的评选，在即时投票前20名中，韩寒、郭敬明、安妮宝贝三位青春文学写手的票数甚至超过苏轼、李清照、朱自清、徐志摩等人，老庄孔孟的排名更是令人堪忧。《华商报》就此事访问了陕西的著名评论家李星，李星听后哈哈大笑，他说："如果我们的民族文化没有老孟孔庄，没有苏轼、李清照等人，中国文化还能成为文化？老庄孔孟等大家作品历经上千年，历史和社会检验，是民族文化和民族精神的高山。而当红那几个作家没有经历时间的洗涤，作品不过满足了当下文学娱乐化的需求而已。"

你看在这个小小问题上，已经滑稽地显现出大多数人的水平和眼光。人类太容易犯这样的错误，太容易忘记那本真的东西了。我想，那几个被选中的作者没准儿扬扬自得，他们未必每个人都有宁财神那样的自知之明——我如果相信这是真的，就是太不相信中国人民的文化水平了。实质上人类常像几个游客，有一天上了几道坡，看见坡把自己垫高了，就以为自己形同大山。这世界多是这样的狂妄者。在人生这列车上，他们以玩转各种游戏为乐，而在他们周围，还坐满了盲目的崇拜者，大家你呼我喊，沉溺其间，对人生的真相没有一点的觉察。而我怀疑，任何不指向人类终极理想，不洞穿"奇点"后面那股神秘力量的所有艺术，即使何等精湛娴熟，都不过是一种手艺技艺，充其量也是二三流的境界而已。

实质上，上帝不仅对人类历史，对人类认识事物的过程一直在做着某种引导，上帝也在悄悄引导每个人。无论你怎么玩，总有一天，你会像史铁生所说的那样成为一只在"草地上玩腻了的鹿"，抬头看一眼，不小心一想，在"前不见古人，后不见来者"的悠悠天地间，世界轰然坍塌，在没有意义的一片虚无中，难免怆然泣下。没有谁能逃避这一切，人生指向死亡这个事实使得每个人都必须内省，面对。死亡是一切意义的毁灭和一切意义的新生，它或许真是一道警示，迫使人在强大的光下终于低下头来思考"为什么"，从而走向内省。这道神秘之门的背后，或许才藏着我们精神家园的真正来处。

四

米兰·昆德拉在《不能承受的生命之轻》中讲过这样一个故事：托马斯一辈子有过无数女人，在他看来，走近一个个女人就类似一次次探谜的过程，他想知道不同女人之间有什么不同秘密，怀着这个观点他同一个个女人在一起。尽管他确信，他最爱的女人就是自己的妻子特蕾莎——那个被人放在涂了树脂的篮子里的孩子，顺着河流漂到他跟前等着他收留的女人。可尽管他如此爱她，他依然无法给予她绝对的忠诚。特蕾莎也因此伤透了心，最后特蕾莎养了一条狗叫卡列宁，托马斯也非常喜欢卡列宁，他还暗自对卡列宁祷告：麻烦你把我不能给予特蕾莎的那份忠诚给予她吧！卡列宁的确由始至终对陪伴着爱护着自己的女主人特蕾莎保持着绝对的爱和忠诚，直到它死去。小说中关于卡列宁和特蕾莎之间的爱里有这样一段描写："这是一种无私的爱，因为特蕾莎对于卡列宁无所求。她甚至不要求爱，她从不提令夫妇头疼的问题：卡列宁它爱我吗？它曾经爱过别人吗？它爱我是不是比我爱它更深？"接下来小说关于爱的总结堪称经典："那些探讨爱情度量深度，对爱情进行种种猜测和研究的问题，也许正是扼杀爱情的凶手。如果一个人没有能力爱，才总是渴望得到别人的爱。"

想想太对了。我们现代人类物质越来越丰富，科学越来越发达，我们各种各样的学科将万事万物分解得越来越详细，我们反倒越茫然。我们对于爱的著作和解释垒起来，恐怕多得可怕。但是呢，我们反而越来越说不清爱。性越开放，爱就越不知道在哪里。大家谈论着爱，但有几个真正懂呢？难道，扼杀爱的，不正是我们对爱自以为是的众多解释和分类，使我们心志受到了迷惑和混淆，以至于不能找到源头？

卡列宁死时，小说中出现这么一段话："任何一个人都无法把牧歌献给另一个人，只有动物可以，因为它们没有被赶出伊甸园。"这句话一开始我百思不得其解，为什么人不能？为什么动物能？现在我知道了，不仅是动物能，所有上帝在伊甸园里造出来陪伴人类的太阳月亮星星，江河湖泊树木，动物蓝天白云一切的一切都能，唯独人不能。人与动物之间的爱是牧歌式的，没有冲突，没有撕心裂肺，没有变故。而人呢，人的存在就注定了禁锢、隔离，人在吃了那个智慧果后，得到惩罚就是，人的心被关在一个又一个用身体做成的牢笼里，除了彼此眺望，除了满怀心愿，别无它法。这就是天罚，这就是人的孤独。而这个世界上任何一个人，哪怕再十恶不赦，他依然能在大自然的壮观中获得心灵的欢喜，这里面，就有上帝永恒的爱，头顶的白云蓝天星辰日月，树木花草水果蔬菜庄稼粮食，这都是上帝的给予，这里面有成理不议，有明法不说，有大美不言，这才是真正的爱啊，不会背叛，不会掩饰，只会给予，只有陪伴。但人呢，没有人能完全把牧歌献给另一个人，没有人能做到不带着一点世俗的目光，没有人敢完全撕掉那层以羞耻包裹起来的外衣，没有人会完全敞开不怕伤害。所以，当亚当和夏娃离开伊甸园后，就失去了永恒的牧歌。虽然此后有无数的亚当夏娃用尽一生寻找，可爱多半都仅是心愿，心愿里也多是静悄悄的绝望和叹息。所以，我怀疑，爱仅仅是上帝的一种引导，上帝不过通过引导一个人和另一个人相爱走向他。上帝让人向往爱，却又在内心深处终生不能一直得不到爱。人对爱的寻找，成了走向上帝的途径，上帝让人在感受到片刻的幸福之后，又产生更深的失望，最终放弃一切，选择永恒，选择他。

或许，一切的爱，都是以各自名义对上帝之爱的分解；或许，只有上帝才是真正值得爱的。

往事值得感激

一

我越来越觉得，世间的事情不那么无缘无故，连你突然会喜欢一个人、一件东西，都能从记忆中找到拈连的痕迹。

10年前，我在南方一个亲戚家住了一段时间，百无聊赖中看到一本书。书里记述了一个老人对于自己年轻时代一段恋情的回忆。那本书里反复出现的一个情节就是老人关着窗子，坐在屋里，任往事像电影一样，一幕一幕滑过。非常诗意的语言，又惆怅不可言说的往事。读完之后，我接连几天都陷入一种情绪无法自拔。不断想象，如果我是那个老人，有人让我这样思念到老，即使辛酸也充满幸福。然后又想，如果我是女主人公，离去后还有人这样思念，那么我愿意立刻死掉。

这本让我愁肠百结的书叫《茵梦湖》，湛蓝湛蓝的名字，美得让人甘心沉溺。

20年前，有个女子在台北一家报纸上开了个专栏，居然也叫《茵梦湖》，而女子的名字叫胡茵梦。

而我如同上次看见《茵梦湖》那样，又不断陷入这种情绪，为她着迷。

二

李敖曾在一篇《画梦——我画胡茵梦》中写过："如果有一个新女性，又漂亮又漂泊，又迷人又迷茫，又优游又优秀，又伤感又性感，又不可理解又不可理喻的，一定不是别人，是胡—茵—梦。"

纵观李敖一生长长的爱情史，对于众多女友的描述和赞叹中，我们最耳熟能详的，就是这一段对胡茵梦的传神描写。可受到李敖最大赞美的是胡茵梦，而得到李敖最多谩骂的，也是胡茵梦。

我常想，完美或许是一种止境，一块界碑。它只能向往，不能达到。拥有完美，大约就又是推开人生恐怖的另一扇门。

李敖曾说："女人要去美容，而胡茵梦选择了文化美容，他自己是文化最好的代表，自然就会爱她。"胡茵梦自己对记者谈起朋友的态度也说："他们不觉得意外，一致认为我们两人是绝配，早就应该在一起了。"可他们的结合，还是打碎了所谓才子佳人的千古佳话，还是告终珠联璧合的无稽之谈，甚至让"从此，王子和公主幸福生活在一起"这样的童话成为一种讽刺。

因为，绝配的东西常常不配。

他们都太优秀、太有思想、太有追求、太深刻，太容易看进对方骨子。尽管他们容易被对方吸引，容易理解容易相爱。可婚姻学家已经研究证明，最合适婚姻的人，不是这类相似者。尽管婚姻研究也显示，相似的人容易相爱，但其实婚姻生活比较幸福的，却往往是那些性格差异比较大的人。为什么？因为相似的人了解对方就像了解自己，他们伤害对方也就像自残，一下子就能找准软肋，要命地打在七寸上。

李敖和胡茵梦结婚当天下午，婚礼一结束二人回到金兰，李敖坐在马桶上对胡茵梦得意扬扬说："你现在约已经签了，我看你还能往哪儿跑，快去给我泡茶喝！"胡茵梦起初还以为他是闹着玩儿的，后来看他脸上的表情非常认真，到抽屉把结婚证书拿出来，站在李敖面前"唰"的一声就把"合约"撕成两半，对李敖说："你以为凭这张纸就能把我限制住吗？"

又有一回他们不知道为什么开始吵架，李敖拿出一把大剪刀，把胡茵梦刚买来的一件古董上衣"咔嚓咔嚓"剪成了两半，胡茵梦为了制止李敖继续闹下去，很快抢下那把剪刀用刀锋对着自己的心脏，李敖见势冷静下来。还有一次胡茵梦和李敖坐在车里正要开车上复旦桥时，胡茵梦告诉李敖她想和他分手，李敖一听，马上扬言要撞安全岛和胡茵梦同归于尽。

你看这样的对峙，多么地棋逢对手又多么善于找准七寸伤害彼此到位啊！

所以，即使他们到了亲密无间的地步，李敖对于他的另一位女友刘会云的态度还是叫"暂时避一下"。胡茵梦问为什么，李敖回答："你这人没个准，说不定哪天就变卦了，所以需要观望一阵子。我叫刘会云先到美国去，如果你变卦了，她还可以再回来。"

或许李敖的魅力实在太大，或许爱情真能叫人头脑发晕，胡茵梦居然让这个细节过去了。但危机还是出现在婚后。胡茵梦有一回"妇德"突然发作，想要下厨为他烧饭。兴高采烈把排骨往开水里一丢，正准备熬排骨汤时，李敖暴跳如雷地对她说："你怎么这么没常识，冷冻排骨是要先解冻的，不解冻就丢到开水里煮，等一下肉就老得不能吃了，你这个没常识的蠢蛋！"李敖的暴怒以及不理解久未下过厨房的胡茵梦一锅排骨汤后面的那份爱意，让胡茵梦马上选择打包回家。而李敖呢，李敖和胡茵梦一吵架，就像个任性的孩子开始玩失踪。他跑到自己别处的房子，把门锁起来，不接胡茵梦电话，任她在门外哀求几小时，等到她反复承认错误道歉以后，才把门打开。

这样的两个人，你怎么指望他们能过得了凡夫俗子的生活？或许所有的理想都这样，极少能经得起现实生活种种琐碎的打磨。

胡茵梦后来从事心理学研究，她说李敖这种精神展现使她认清，"人的许多暴力行为都是从恐惧、自卑和无力感所发出的渴爱呐喊"。

不知道为什么，我非常认同这一解释。

三

少年时代的胡茵梦，已经非常崇拜李敖。

当年李敖的父母住在台中一中宿舍里，离胡茵梦的存信巷老家很近。胡茵梦时常听表哥和母亲谈论李敖的奇闻逸事，譬如他不肯在父亲的丧礼中落泪，不愿依规矩行礼，甚至还传说他曾经从台北扛了一张床回家送给李伯母。于是，胡因梦对李敖的想象和崇拜，延及到她总是会在清晨上学和黄昏放学的时候，偷偷站在角落，看着李敖的母亲穿着素净的长旗袍，头上梳着髻，手里卷着小手帕，低头从长长的沟渠旁走过。

胡茵梦个性叛逆，她本来是台湾辅仁大学的高才生，却在大二选择退学。大学时代的她留着清汤挂面的直发，戴着金丝眼镜，穿一双像熊掌的平底鞋，肩上背着"禅悟"，手上举着尼采和巴比伦占星，裤子口袋插的就是"李敖"。她曾这样形容与李敖之间的爱情："在我最不安、不知何去何从时，我以为李敖会是我想象中的救赎者……他从小在我心目中就是传奇，当有一天发现自己有机会翻阅传奇，就忍不住翻了翻。"

可怀着幻想走近李敖的胡茵梦很快发现，翻阅之后，传奇根本不是想象的样子。

李敖先是和四海唱片发生了纠纷。民歌手兼唱片制作人邱晨在媒体上看到李敖所写的《忘了我是谁》，想把它谱成曲，于是约胡茵梦和李敖谈出版这首歌的事宜。邱晨问李敖对歌词的酬劳有什么要求，李敖说没问题，比照一般作者的酬金就行了。后来邱晨录完了音，唱片上市的第二天正准备把酬金送给李敖，李敖却开始避不见面。不久邱晨从国外回来，亲自带着礼物来见李敖，李敖说付款的时间迟了两天没照规矩来，所以要诉诸法律，不过可以私下和解，于是索价二百万元。这是胡茵梦第一次见识李敖的见利忘义。

第二次是和萧孟能。萧孟能是国民党中央通讯社社长萧同兹的儿子，是一个大胆启用青年李敖的恩师，是和李敖有过长达十八年莫逆交情的朋友，所以，当萧孟能债务缠身、暂时离开台湾时，才会把所有的财产包括房产、股票、收藏以及一切文件、契据、图章等毫无顾忌地交给李敖，放心地交给李敖全权处理。不料半年后，李敖却侵吞其财物价值在2000万新台币以上，交涉无效之后，萧孟能以"侵占和背信罪"将李敖告上法庭。此时的胡茵梦心灵受到很深的撞击，因为她和李敖曾到花园新城的萧家搬了许多古董和家具回金兰。她当时还问李敖为什么把东西都搬空了，他说为的是替萧先生处理财物。甚至他还借故把一幢房子过户在胡茵梦的名下。作为红极一时的明星胡茵梦，在财富和知识垒就的婚姻面前，她能选择李敖就说明了她对金钱的态度。所以，当胡茵梦看着一向对李敖"言听计从""没有任何怨言"的正人君子萧孟能，一个李敖多年共患难的战友在李敖面前获得的"待遇"之后，她感到自己对李敖最后的一丝幻想都被打破了。她幻想中的李敖原是个具有真知灼见又超越名利的侠士，而实质上的李敖却是一个多欲多谋济一己之私的"智慧罪犯"。这一切，彻底打碎了李敖在她心中"神"的高大形象。

喜欢李敖的读者肯定会问，我为什么要这么信任胡茵梦？

单不说台湾大小报纸以及萧孟能等人对李敖的评价，就凭胡茵梦文字上的真诚。胡茵梦曾坦言："我不是一个情感丰富的女人，我不涉猎文学，那些感性的文字，我学不来。"但你看看她写和李敖分手这段，真诚得足以让每个人感动："当天下午李敖拿着一束鲜花，打着我送他的细领带，在律师的陪同下来到世界大厦准备和我签离婚协议书。当他和我握手的那一刻，我突然很清楚地意识到我们之间虽然历经一场无可言喻的荒谬剧，但手心传达出来的讯息还是有情感的，于是紧绷的斗志一瞬间完全瓦解。我的心一柔软，眼泪便止不住地泉涌，我为人性感到万分无奈。没有一个人不想爱与被爱，即使坚硬如李敖者也是一样，然而我们求爱的方式竟然是如此扭曲与荒唐，爱之中竟然掺杂了这么多的恐惧与自保。"

后来这份心灵上的真诚，带着胡茵梦走得离世俗越来越远，离神和心灵越来越近。而李敖呢，我们可以看看今天的世界，文坛、政界、娱乐圈，哪里不混杂着李敖这个男人的呐喊声、嘲笑声、颠覆声、咒骂声？你无法不承认他的能量之大，他在哪个圈子里都能争得一席之地，但你难道不应该反思，一个人到这把年纪还如此浮躁得不能沉静，即便很有才学，境界又能高到哪里？

四

我不是因为胡茵梦才走近胡茵梦，是因为李敖。前一段时间，在朋友的推荐下，我搜罗到李敖大量书籍准备好好拜读。一天在回家的路上，看到电视里一次会议上，李敖先生西装革履，却忽然脱下鞋子，气势汹汹就朝对面党派扔去，结果对方也扑过来，一群男人又撕又抓，那一刻，我忽然无比失望。

一个人如果活到身体发福已生白发的年龄，还是不能有和那个年龄相适应的内在修养，即使学富十车著作超身又能如何？一样见得境界有限。那时，幸好我也不大能接受他的文风，而且越来越没耐心看那些不关乎心灵的文字，就顺手扔掉他所有的书。

紧接着，在新浪首页，我看到胡茵梦的博客。当时我只知道她是李敖的第一任妻子，是六七十年代红极一时的美女影星，关于她别的一切我都不知道，甚至她一张照片，也没见过。但点进去后，我就被她放在这个博客首页的一句话吸引住了——活在这个世间但不属于它。我向来把明星看成有面子没里子的代名词，但这个胡茵梦这么有思想？带着内心的诧异，我慢慢走近胡茵梦。

胡茵梦是公认的大美女，连李敖骂过她千遍万遍，还是承认这点："是的，她真美。你只要欣赏她，她就从天边滑落。"但你听听她怎么说自己："只有我自己清楚自己，单眼皮、平胸、大手大脚、上身的比例稍长，绝非标准美女的条件。"

作家孟祥森说："有回走进一座大楼等电梯，电梯门开了，从里面步出一个完美得不论是身形姿态都让人目不转睛的女人，那就是我看见胡茵梦的第一眼……"孟祥森脑海里的画面始终是胡茵梦的美，然而听到转述的胡美人却面无表情地说："那都是错觉！"

要是我们今天演艺界的哪位明星听见孟祥森这句话，甚至随便哪个女人听见这话，小高兴一把是很自然的，哪个女人不喜欢别人赞美自己的美貌呢！但胡美人为什么会这样？她自己一句回答可谓非常准确——我内在的世界永远无法透过外表无遗地展露，上天赋予我的这一副肉身似乎是恩宠，又像是诅咒。

只有真正重视内在精神的人，才能这样鄙视外在。这就是胡茵梦让我欣赏喜欢，也让李敖爱恨交加的原因。

胡茵梦和李敖的那段婚姻之后，李敖被送进监狱，胡茵梦整个人也像经历了一次彻底的洗礼，体重瘦成四十四公斤，身上的肋骨一条条地露了出来。但她说："我精神很好，心情也出奇地平静。虽然饱尝此生第一次的大是大非，我对于人性却仍然充满着憧憬。我自比《鲁宾逊漂流记》里的黑人星期五，在扭曲的文明与天真的原始之间摆荡，心房的一角却总有一个不散的宴席，一场周五之后的周末狂欢。"

胡茵梦在她文字里提到的这个——"心房的一角不散的宴席，周五之后的周末狂欢"是什么，我认为，是她和李敖这场类似梦幻的结合，一场类似疯癫的婚姻，一场由舞台搬进现实中的荒诞剧。

我甚至觉得，胡茵梦将研究探秘人的心灵作为她毕生的事业，与李敖有着绝对的关系。尽管很多报刊都说，之前胡茵梦就非常喜欢玄学、心理学。但对李敖的幻想和幻灭，以及多想维持却又无法维持和李敖的这段失败婚姻，无疑为胡后来的选择起了催化剂的作用。

五

《纽约侨报》上曾经登了一位读者的文章，这个读者写到自己意外在街上邂逅胡茵梦，和她谈起李敖。他说当他谈起李敖时，胡茵梦收起笑容，沉默了一下，说了句话让他难忘："其实他内心是很脆弱，很脆弱的。"胡茵梦说话的样子听上去像喃喃自语，目光凝聚在前方一个虚拟物体上，手中的茶杯拿起又放下，连续几次，仿佛在割舍什么。

我想，对着街头相逢的一个陌生人忽然流露出这样的感情，胡茵梦怎么也不像在作秀吧？

无论李敖如何，胡茵梦多年后谈起李敖，一直是充满感情的。胡茵梦时常提起的一件往事是多年后与李敖偶遇，坐在咖啡厅和朋友喝茶的她，瞥见窗外有个穿着红色夹克的男子，很疲惫的样子，好像是李敖，她起身追出去，红夹克也突然掉转头，朝自己走过来，正是李敖。"我看见他的第一眼，心就软了。尽管他骂我已不下几十次，但他见我的第一个表情骗不了人——他是很高兴看到我的，孩子似的。那一刻，我觉得我们之间还是有爱的。就像跟我离婚时，他牵着我的手，我握出他手里的温度，发现爱还在，当时摸着他的后颈稀里哗啦哭个不停。他望了一下四周说："小心被记者看到。"

"小心被记者看到"，这句话多么能说明李敖这个人啊！即使心爱的人哭得死去活来，即使和心爱的人分手了，李敖能想到的就是，依然是不要被记者碰到，不要被抓住什么负面新闻。多么现实又多么功利的李敖，而在现实和功利的面前，爱又到哪里去容身？

之后李敖就再也不肯承认，他们曾是深深相爱过的一对。他甚至忘记了他和胡茵梦离婚的时候，他发表的那篇非常有影响的声明：

　　1. 罗马恺撒大帝在被朋友和敌人行刺的时候，他武功过人，拔剑抵抗。但他发现在攻击他的人群里，有他心爱人布鲁塔斯的时候，他对布鲁塔斯说："怎么还有你，布鲁塔斯？"于是他宁愿被杀，不再抵抗。

　　2. 胡茵梦是我心爱的人，对她，我不抵抗。

　　3. 我现在宣布我同胡茵梦离婚。对这一婚姻的失败，错全在我，胡茵梦没错……由于我的离去，我祝福胡茵梦永远美丽，不再哀愁……

那些祝福，李敖怎么就都能忘了？

如果说当初胡茵梦为求自保把李敖送进监狱，但毕竟几十年都过去了。为什么李敖还是一直揪着胡茵梦为敌，讽刺她，挖苦她，拉着那点往事全世界散布？他自己说过"不爱那么多，只爱一点点"。那么恨呢，难道恨要"不恨那么少，一恨30年"？

这心态，别说像个君子，正常人怕也赶不上吧！要是帮李敖把这改成"不爱那么少，一爱30年；不恨那么多，只恨一点点"这样，是不是更好？但这难道不恰恰说明：胡茵梦是他认识最短记忆最久的女人？

这才符合实情，这才符合人性，无论李敖多么善于自我包装，多么善于自我炒作，但他毕竟是个人。而胡茵梦就是看到他人的一面，把他神秘的面纱揭下来，又看到他实在不够高尚，不够君子，发现自己无法改变拯救，就扔下他走了，他才这么不甘心。

是的，谁敢这样对李敖？

李敖太骄傲。

李敖骄傲他的出色、他的博学，他的渊博，他骄傲地叫嚣着，以至于整个时代也找不出一个敢公开向他挑战的。他那么风流成性，从来只有他扔掉一个又一个的女人，哪有一个女人敢不要他？他从不轻易把一个女人带进婚姻，而被他认认真真带进去的一个，就三个月向他提出离婚！这是什么样的一种侮辱？

早年受过刺激的李敖再经受刺激，就变得更加不堪。连喜欢读他书的读者也说：偶读李敖的书，总觉得此人是个有傲骨的君子，是个张弛有度的真男人，但每每听他一谈起对胡茵梦的态度，那张被仇恨扭曲的面孔，总忍不住想：此人哪里不对？

是的，李敖哪里不对？

或许《天龙八部》中王菲的那句歌词问对了："难道爱比恨更难宽恕？"

42岁时，胡茵梦成为单身母亲，李敖不念"一日夫妻百日恩"，不顾胡茵梦一个人艰难带着孩子靠着翻译生存的艰难，不给予一点点的帮助，还一再搜集胡的种种不幸，火上浇油，大肆乱骂。一开始我真以为李敖在帮他的前妻，毕竟，谁被李敖越骂越有名。但当胡茵梦患上忧郁症时，李敖还在电视上攻击诽谤："她自己都有忧郁症，一个有忧郁症的人怎么能给别人做心理指导？她能做好？可想而知。"我就渐渐感到不是那么回事，我就感到胡茵梦能放弃他的必然性了。

胡茵梦 50 岁时，李敖给胡茵梦送了 50 朵玫瑰，意思要胡茵梦记住，你已经 50 岁了。他还禁不住冲着外界喊：胡茵梦是一个真正的美女，却是一个失败的才女，现在终于老了！

"现在终于老了！"多么充满嫉妒和辛酸的哀叹！多么充满不平和怨愤的惋惜！我从李敖嘴里淌出恨的毒汁中，只读出他那么可怜又不甘心的爱！这才对了，这才符合一个登徒子爱情的另类表现方法，这才可以用来解构寻找出一个玩世者内心的真实状况，这才符合人之为人被孤立缺少爱而渴望爱的本相。

李敖，你不是说你可以洒脱处理爱情的乱丝吗？你不是说你只让爱情占人生的一个比例吗？那么，你怎么处理的自己和胡茵梦之间的事？你让平凡如我者都看到了你的做不到，和你所谓"智者之爱"的理想和虚妄！你所谓的智者之爱，不正是胡茵梦所谓你"智慧罪犯"的表现吗？你不过用你的聪明，又为你的行为找了一种托词而已！难道明智若你者，都不明白，你的那一套理论，完全站立在二元对立上——谁能够要了欢乐没有痛苦？谁能够有了秩序不让混乱？谁能潇洒玩世而内心没有一点人性的挣扎？

即使李敖再怎样优秀博学出色成功，他也绝不是超人。他的人格大约真如胡茵梦分析的那样："一向自视为超人的李敖虽以智者之爱期许，但从古到今凡能全观的智者，都觉察出二元对立便是人性中的颠倒和各种病态的根源。"

这个病的普遍性其实在每个人身上都存在，不仅仅是李敖。只是李敖为什么不肯想想，胡茵梦这么致力于对心理学和神学的研究，不正是对他爱的一种体现吗？她固然是为了拯救受伤的自己，难道她不也是想从科学的角度，分析李敖和自己，找出他们婚姻失败的原因吗？

六

在太多地方，我们都能看到胡茵梦的这句话：感谢生命里所有带给我磨难的人，带给我考验的人，促使我真正成长、真正在精神上提升的人，真正影响我成长，最令我"感恩"的，应该算是《快意恩仇录》中的李伯爵了。

胡茵梦在写回忆录时对于感恩二字，是加了引号的。我理解是，这引号绝对不是反意，而绝对是一种强调。胡茵梦应该感谢李敖，如果不是和李敖失败的婚姻，也就没有我们今天看到的充满理性和智慧的胡茵梦。胡茵梦应该感谢李敖，是他把她送出了演艺圈，让她认清人性，认清自己，认清前路。而也只有在感谢中，我们才能认识到上帝赋予一切爱的意义——最美好的东西总染最可怕的毒。你只有从历经一次昏死后醒过来，才能听懂那一番别有洞天的回答。

与李敖的那段婚姻后，胡茵梦很快从愤世嫉俗转向自省，在反思中，她意识到自己应该走一条被心灵召唤的路。她很快放弃了演艺事业（这与李敖说她没有戏演是多么不符啊），去了纽约。

我一直想象在婚姻的解体后，在母亲的责备下，在众人的不解中离开台湾，来到纽约的胡茵梦当时的心境是如何的灰暗沮丧。她一个人流浪在街头，忽然变得一无所有，内心将如何绝望。当她走到一个书店里，无意中翻到克里希那穆提的书，忽然读到那句"观察者就是被观察之物"，猛然间觉得找到精神的出路，一下子泪水满脸，并且不断问自己："我为什么要崇拜别人的文字、别人的思想？为什么不去下功夫，活出我的思想我的才华？"那一刻，这个决绝而执意的女子脸上的神情，又岂止是一个"美丽"形容得了的?

胡茵梦成为单身母亲后,她给女儿起名叫洁生。读到"洁生"这个名字时,我一惊,猛然觉得自己内心纤柔的神经都被抚摩了一遍,一句话一下冒进脑子:人不因肉身不洁,人不因有情不洁。相反,人会因无爱而肮脏。对于胡茵梦这个女子,即使她生命里有过无数男人,即使她是在单身状态下成为母亲,在我眼里,她依然圣洁无比。就若苔丝、羊脂球一样。只有盈满爱的心灵才能超凡脱俗,只有超凡脱俗的心灵才能让一个人真正圣洁高贵。

七

对于自己和李敖的往事二人各有分说,胡茵梦回答:"其实自己讲什么也没有用。人人都可以讲自己是诚实的人,最虚伪的人也可以讲我是最诚实的。你看一个人,要经过相处观察,才能证实一些事情,用你的慧眼去判断,不能说他诚实,他就真的是诚实的。"

我想我们已经看到了。

就如记者提问时隔多年她对李敖的评价,她说:"我觉得在所谓的民主化进程之中,李敖绝对发挥了他的作用,也带来了不少启蒙。但是,就人类的发展而言,最重要的还不是民主,是人类缺乏爱,这才是人类最根本的问题。在这些方面,我认为李敖的贡献不大。生态问题、政治问题、所谓环境问题真正的源头是心灵的问题,我们必须在自己的心地上下功夫。"

这中肯的声音,和围绕在她身边的那些谩骂相比,简直是来自云端的天籁了。

在《鲁豫有约》中,鲁豫又问胡茵梦怎么看待李敖这些年对她的评述,胡茵梦淡淡一笑:"他就是这么一个人。"

多么轻松的回答，没有爱，没有怨，只有了解。在这淡淡的回答时，我们仿佛看到脸上留着岁月痕迹的胡茵梦，内心却没有一丝岁月的褶皱。

这就是李敖如何也赶不上胡茵梦的原因。

往事，永远值得感激。即使往事曾如何苦难不堪，我们每个今天的人，却都是踩着往事残缺破碎的肩站起来的。

太白山掠美

一

"你站在桥上看风景，看风景的人在楼上看你。明月装饰了你的窗子，你装饰了别人的梦。"这首短小的诗句大约也道出这层道理——人都容易忽视身边的美。所谓距离产生美也不堪推敲，正如云笼罩了你，使你如同云般皎洁，然而你并不自知处于美丽，依然对远处的云朵充满遐想，而并非此处没有美丽；当然还有一点和动物微微的相似，人对近处的不自知和兔子的思维没什么区别，总认为窝边草迟吃早吃都是自己的，不同的是前者的不自知和后者的自知。因着这样的思维，人的确往往对最亲近的事物和人的忽视和伤害最深最多。

太白山于我就是这样。作为秦岭的第一主峰，离我的家乡非常近。可叹的是，我有机会去遥远的地方，但几十年里，竟没有去看看它。直到几个博友聚到一起，才敲定了去它的时间——4月12日。

从 4 月 8 日开始，西安就阴雨不断。到了 4 月 12 日凌晨 4 点，外面依然好大的雨，爱人看着不胜担心，这么大的雨，太白山会是冰雪连天呢！但到早晨六点多起床，天公居然作美，外面放晴了。安慰了一下爱人，看着熟睡的孩子，我背起行囊。坐在车上，看着雨后初晴的城市如此深静，空气又格外清新。在泥土花香中听着耳麦里的旋律，自由的气息扑面而来，我的幸福感再次觉醒了。

二

一到太白山下，放下行李，所有人都拿起相机，对着路边还不如我家乡漂亮的风景一阵狂拍。我开始只是看着笑，等到从搞美术的夏振平老师那里看见她居然把路边缺枝断干的漆树都照得极具画面感，才轻叹自己对美丽视而不见。

最快乐的要属和连君的同行了。一直有一个愿望，希望有一天可以知道所见过花草的名字，因为有些花草的名字本身十分诗意，学习它对写东西大有帮助。再者，我不愿意让许多美丽兀自盛开着，虽然花草并不在意，我却多情地认为，它总是愿意人家喜欢它，知道它有一个寂寞的芳名。

连君大学学中医，她不仅在我们晕车或身体不舒服时，很快能想到保健的办法，而且所有的花草她几乎都能报出名字来。这让我喜出望外，指着路边好多不知道名的花草找她讨姓名。连君耐心地告诉我，等我知道路边一种粉红色又在故乡河边开得遍野的花居然叫断肠草时，兴奋地冲着身边的小女孩说，要记住啊，这花叫断肠草！女孩惊喜地跑过来看，她的男朋友不解地看我，问：为什么？为什么她一定要记住这个不幸的名字？

人群中毕竟有在意的。另一个男孩也过来看，并喃喃自语：《神雕侠侣》中说，万物相生相克，剧毒之物七步之内必有解药，还说，断肠草可以解情花毒，那么，什么草是情花？这里，能不能找到？

无意间一个花名，竟真引得有人痴狂，我真喜欢这些同行的所有傻子了。那个男孩后来和我说了许多自己的困惑。虽然我的困惑可能比他多好多，可还是装作一个大姐姐，给他说着我能达到的最好认识。因此，我也得到他一路照顾。这就是陌生人出行的好处，知道必然分开，没有害怕、顾忌和恐惧，都带着旅游的心情，只有彼此的给予和帮助，反而能收获到最多的快乐。

那天吃饭才知道为什么雷达老师一直对我如此鼓励和关注了。只是因为，他的女儿和我同名，他的那种亲切感就油然落到我身上。雷老师在第一次开博友会后，看了我的文字，给我写过一首诗，并对我很是鼓励。他希望我转帖大家一起探讨，但我因为自己古文功底很浅，而且知道一个文学路上的初学者，实在不适宜一有人赏识就开始飘然，那首诗歌虽写得好，我却没有敢贴出来。当知道雷老师的女儿和我同名时，我忽然想起那首诗歌包含的情感了。因为我相信，雷老师在上山的路上，不停地叫着"蕾蕾，蕾蕾"，他对我实有一种对女儿特有的亲切在蔓延。所以，我将这个鼓励贴在后面，以表示对他的感谢，和一份对情谊的不肯相负。

雷老师今年已经73岁了，他在诗词音乐方面都很有造诣，而且，在对非物质文化遗产的研究上，多少年来一直默默努力。上山的路上，他给我们读着一首首他收集来的陕北民歌，不时引起博友惊叹。连开车的司机都受到熏陶，看见我们不断停车拍照，也不小心溜出一句："拍不完的美景唱不完的歌，娶不完的老婆……"后半句大家问，他笑而不说。

夜晚我和夏老师住一个房间。早早洗完躺在床上，我们就开始聊天。从梵高、高更到《百年孤独》，从《色戒》《鹅毛笔》到人性，从职业、事业到对人生的认识，从痛苦、快乐到艺术以及超越，我和夏老师先躺着，后坐着。中间几次关灯，又几次开灯，一直说到夜深。美术和文字是如此的不约而同，从夏老师的身上，我仿佛看到了一个热爱艺术的女子是多么独立而坚定的在走自己的路。我喜欢她周身散发出来那种随和又不从俗的自然气息。

三

进了山才知道，太白有多美。

最让人沉思的是水。每次进山，山的安宁固然让人沉默，但水的执着更让人感动。山长水长，哪里有山哪里就有水，水对山的依恋和情谊如同不离不弃的知己，总让人想起老祖宗的那句"高山流水觅知音"。他们一定是看到山水之间特有的默契，才生发出琴瑟相和的期望。虽然尘世间绝少有这样的等待与相伴，但大自然却每每给人以启示和安慰。这就是为什么我们一到大自然中，见到一些弱小的花草，都会为万物中暗藏的密意而仰视膜拜了。

太白山多是雪水。一路上有湖，有瀑布，有匆匆忙忙赶路的小溪。溪水清澈见底，不断地，不断地，从眼前流过去。有一阵子车停了，我蹲下去，看着那泻玉流翠般的水被石头撞击破碎，分割成一缕，两缕，无数缕，但水还是不知疲倦地奔流着，忽然心疼起来。它那么无瑕，清澈，流淌得如此浪费，可惜，但谁也无法因为心疼它，不让它的美破碎，这，就是水的生命吗？

云也在头顶的山上嬉戏。我知道，它们是调皮的孩子，离开河流的家，出了远门。它们好像站高了，流浪的途中见过许多东西，一会儿摆成这样子，一会儿站成那形状，在远远地给小溪比画着冰山、大海、浪花和沙滩。还有一些水的孩子，也是那样淘气地按捺不住，跑到半山腰，直接坐着滑梯溜下来了，半空中就形成了轻烟一样的瀑布。

再往山里走，又是另外的景象了。树开了无数朵白花，所有的枝头都挂着冰凌。那冰花不同于冬天玻璃或者草木上的一点两点，非常的浓密，妖娆，奢侈，琼林一般，这是谁如此奢华的窗外呢？

到了山顶，穿过斑驳深深的松木台阶，看着厚厚的草和苔衣、树枝，竟然又是一番北国雪景了。红杉树、雪松上的雪花被冻住了，但雪花被冻住的模样，竟仿佛是风的嘴唇在吃着冰棒时，将冰棒抿成薄薄的片儿，像旗帜一样被举了起来。不，或许是风的手，不忍心放开这个美丽的舞者，于是，雪花在树枝上清楚地留下风送它走的依恋模样，并把它的回忆砌成一串串想念的标本。甚至，等到雪花落在地上了，也不是一粒一粒，一瓣一瓣，而是雪绒、雪肉、雪鳞一样的躯体。我们忘情地在里面打着雪仗，拍着照片。遗憾的是，到了山顶，冰雪封路，下着雨，上面又大雾一片，只好在近处对着高山杜鹃美丽的陈年遗姿怀念。

从山上下来时，再感觉树枝慢慢地泛绿，再看水的形态又发生着变化，我们似乎乘了一辆时光隧道的车，从去年的冬天走了一趟，回到今年的春天，感觉如此地不真实。等再看见河边的小溪时，我回忆着一路所见的水，云，冰，雨，雪，雾……琢磨起了两个字：水性。

没有人不喜欢水，老子云水性最接近至理。可水给人的启示，不仅在于它的柔弱，它的居于下而不争，更重要的在于它的易于变化。作为人，潜意识中不知道来由地被抛在这个世界上，本身便没有安全感，而且，人的生命之短暂简直像回首间的一念，所以，人都喜欢永恒不变的东西，我们的教育也在讴歌着我们的需要——永恒。名垂青史，天荒地老，此情不渝，等等，都是永恒的象征。可永恒是什么呢？我们这一生遇到的和将要面对的，都不是永恒不变的，而是永恒会变的。好像天地间我们能相信的唯一永恒就是一切都不是永恒的，什么都会消逝，一切都在变化。然而，在我们连生命都会最终消失的生命里，我们仍然痴傻地渴望着一些不变的东西，一些安静的归属感，虽然屡屡，但总是归于云烟。

　　但如果看水，你能看到什么呢？河流是水，云雨是水，冰雹白雪也是水。自然界美丽的一切，都有水的各种形态在缭绕。甚至，你看一条小溪流淌出的美丽，也恰恰是因为水不停地在变化。即使你觉得可惜，觉得浪费，觉得不能留驻，但恰恰是因为它的变，形成了它的美。在看见太白山的水在这个季节有层次感的变化时，我忍不住说了一句：美死了！接着再遇到时，我还是依然情不自禁地看着云、冰花、瀑布、积雪呢喃：美死了！美死了！这个话出口多了，怔了怔，就忽然意识到，美的极致或许就是死。里尔克的诗歌不是有这么一句吗："美不是什么，美是你刚刚可以承受的恐怖的开始。"他这里的恐怖，难道，不就是死亡？恍惚间记起了在九寨沟看水的情景。那时我面对那些水，不是也产生过这样的念头——如果我的生命，就化身为一潭水，这样的诗意和美丽到极致，那么我宁愿下坠，融化，消失，直到生命全部凋零。

　　美，难道不是这种由生到死的过程吗？比如水，如果把它捧在手里，装在杯子里，池塘里，它还美吗？它就死了。"问渠那得清如许，为有源头活水来"——水的美，恰恰在于，有新鲜的东西不断地注入，有熟悉的东西不断消失。水的美，恰恰在于它的活，它的动，它的变化，它的流淌。周国平说："人这一生的美丽，不在于你占有了多少美丽，而在于你遇到过多少想留又留不住的美丽。"美，难道不正是这样吗？恰恰是这样的不能被占有，让美触疼了心灵，到达它之所以是美的根源。如果可以被一直拥有，那么就是僵尸了。看看我们自己的生命就明白了。一个伤疤新生时，我们看着那种撕裂肌肤的疼痛是多么伤心惋惜，可等到伤疤真结痂脱落了，新的肌肤生长出来，又有谁会捡起那黑色的干疤，按在自己的肌肤上，还悼念一句"故土难离"呢？就像我们从不心疼皮肤、头发的脱落一样，因为我们明白，死亡之后的新生，会让生命更加美丽健康。

陈村曾对史铁生说：人是一点一点死去的。在我的理解却是，人是一点点在体悟到死亡的。在一个人活着的时候，如果他有足够的悟性，他一定会慢慢地明白，死亡是怎么一回事。我们一直活在死亡和生命的交错中，一扇窗被关上了，另一扇门就会被打开。这说的也是死亡和重生。世界一直要我们接受变化，它在我们的生命体内演绎着这个真理，也在我们眼前用万事万物的比喻做着演示。可叹的是，我们却很少体会到这一点。是对水的观察让我明白了，变化产生美，死亡产生美。不变恰恰是不美的，就如一个常开不败的假花一样，真花是一定会凋谢的，就像真爱一样。死亡是一种休息，而活着是一种运动。一切都将死亡，但死亡是一种修正，等待它的不是毁灭，而是另外的一种新生。

　　当然，人的无法接受变化，有着社会对我们的错误教育。社会，仿佛为了易于管理，为了表面上的安宁不要动荡，立出了无数错误和有违人性的道理规范，而且，世代还在错误的基础上，更迭着某些理论。结果使人一出生就是接受错误和犯错，而后又要花好多年去明白再改错。人要真正的醒悟，是何其的难啊，因为当你明白时，你就被扔出了人群，而你的根又深陷于这样的淤泥里，你的出生让你浸透的东西就是这些，所以，这一刻你刚刚举起一个沾染了点真理的旗子，下一刻就可能被谬误完全吞没。不说你自身间错误与正确在如何颠簸，当你扛着大旗去履行心灵苏醒后的教导，就是走进千古的疯子中间，要付出血的代价了，又有几个人是真正的勇士呢？人的无法接受变化，也来自人自身的软弱与贪婪。世界上本来就没有人，有了，就是恩德。为什么人一出现，就试图去占有，试图去主宰，去划分，去要好多好多呢？世界本不是你的啊，你也就只能像小鸟一样飞飞看看，体会欣赏，你能主宰左右什么？难道一个理发师手中的剪刀剪下了几根头发，它就可以骄傲地以为，它是同时扛着梳子能左右发型的那只大手？世俗是在禁锢，但绑住一个人的，又难道不是人自己吗？

"人是自由的，只是人自己没有意识到"。看着那些水变成云，看着那些云落下来形成雨，看着雨、雪、冰来回在悄悄走动，看着小溪白白地，白白地流淌，看着死亡与新生在其中隐隐地发生，看着发生把一切流淌成意想不到的美丽，生命的寓意在自然界中其实早就被表达得很清楚，只是你要有会看的眼睛，从心灵间彻底地明白，然后，你就能过一种彻底自由，又不同凡响的生活。

　　明白吗？

　　自然，是真理的另一种暗喻。

为什么要宽容？

　　宽容是被说了亿万遍的词。但要做到宽容，在被伤害的时刻，就像要容忍一枚钢针刺心。肉体的不堪精神的苦难，会使人经常忘记自己所处在地狱还是人间。在真正的事情上，宽容总显得没有力量，因为我们是人不是神。但问题是，抱怨、愤恨、绝望在关键时候又能起什么作用？一件不好的事情发生了，已是不幸。随之而来的抱怨、愤恨，绝望等负面的词汇，只会使坠入泥潭的人更加深陷。

　　"人们都说祸不单行，我对双至有奇怪理解。当祸本身一至时，凡夫俗子本身就配上一至，另一至就是苦恼自己，于是祸上加祸，自然就双至了。"李敖这个解释不错，所以，你如何能在不幸、灾难来临时，以一种不被击垮的心境站立着，只处理问题本身，理性对待而不让感性蔓延，这样乐观的态度，本身就暗含宽容了。

　　翻阅人类苦难史，有太多人，在苦难没有来临前，已经在精神上自我击垮。但无论是怎么样的灾难史，我们又总能看到一些可以代表人类灵魂的生命，以自己的方式，完成了自我拯救，成为人类精神史上可供敬仰的光亮和希望。第二次世界大战集中营中死难者无数，一些死于纳粹的迫害，有为数可观的人，却身未死，精神先行崩溃。但集中营里有一个孩子，一个最没有预测人生会遇到这些灾难的孩子，却使得奥地利精神病医学家弗兰克在身陷绝境绝望至极的时候，对命运、死亡和苦难有了更深的认识。

这个孩子知道自己要死了，还是非常开朗健谈。她说："我感谢命运对我的打击，过去养尊处优惯了，我从来不把精神上的成就当回事，可现在，它是我的朋友。"她手指着窗外绽放着两朵花的枝丫，"我经常对它说话。"

弗兰克以为她也像集中营里的很多人一样，神志不清或者出现幻觉了。他问："那棵树有没有搭腔？"

"有，它对我说，我在这儿，我在这儿，我就是生命，永恒的生命。"

到处是尸体被焚烧活埋的惨状，到处都是谩骂斥责的硝烟。碗里是冷水，又黑又硬的面包。屋子弥漫着腐烂的味道，不见天日的黑暗。但孩子的眼睛，却看见了窗外的希望。我因此想起一句话——"我要感谢上帝给我一双明亮的眼睛，使我能够抬头看天，低头看花。"孩子的话意也大致如此吧。在最绝望最灾难的时刻，愤恨不平、抱怨绝望到底能起什么作用？谁能比纳粹集中营里这个知道自己很快要死的孩子更绝望呢？可她的目光，在那刻，却望见了窗外的树在开花！

这就是品质的不同。灾难是厄运，但司马迁能把它变成《史记》！你有怎么样的目光，就决定你在最倒霉最灾难的时候，使你的厄运起什么样的作用，发生怎样质的变化！

爱比克泰德是一个奴隶，我们谁都比他所受的恩惠多，可他却成为了一个被苦难遭遇唤醒意识的哲学家：

不幸发生的时候要是我们为之伤感，不幸只会更加难以忍受。

我迟早会死，但是，我必得悲伤地死去吗？

我一定会被拴上锁链的，我也一定要哀怨吗？

我一定会被放逐的，在放逐时谁能阻止我不让我欢欣和满足吗？

但是，我肯定会送你进监狱！朋友，你在说什么？

你可以把我的肉体关进监狱，但就是宙斯主神也制服不了我的心灵！

有谁能完全改变自己的境遇？谁能使这个社会不再虚伪，使更多的人真实真诚地活着？举目望去，人间真像沙漠！熙熙攘攘，皆为利来；忙忙碌碌，皆为利往。生存这一残酷的现实扭曲了太多心灵，仅存的那些恪守真理的人只有在历史中是被承认的，他们生活的现实，不啻是地狱。我们的心灵稍微效仿一下，追随一下，其警告和异样的目光就能杀人！吃人的人间，真不过分呢。吃掉的都是那些有良知、有追求的人。

但即使如此，又怎样？只要太阳还会升起，世间就有光明；只要花还开，生命就有驻留的意义；只要还有一双和你一起哭泣的眼睛，你就该知道，上帝在借他的泪水爱你！无论现实如何不堪，人情如何淡漠，你总要能看见花，看见蓝天，看见明亮！就是乌云遮日，你也要晓得，云层上面，太阳的眼睛正透露着焦急、期盼与鼓励！

有人曾说，天堂地狱同在人间。我到现在才渐渐明白。什么是地狱？地狱就是我们望见那些不好，向下堕落的心灵；什么是天堂？天堂就是我们有一双懂得看见美好，看见明亮的心眼。什么是人间？人间就是我们的心境在天堂和地狱间不断地起伏与磨炼！

懂得看见美好的心，是最宽容的心。宽容不是容忍邪恶，宽容是上帝要毁灭索多玛城时，亚伯拉罕向上帝的求情：假若那城里有五十个义人，你还剿灭那地方吗？不为城里这五十个义人饶恕其他人吗？耶和华回答说：我若在索多玛城里见有五十个义人，我就为他们的缘故饶恕那地方的众人。亚伯拉罕又连续求问上帝：若有四十五个呢？四十个呢？三十个呢？二十个呢？十个呢？这样的挣扎，其实在我们心里都有。只要有一点点美好、一丝丝希望，生命就值得坚持。我们不是因为恶而宽容的，我们是因为那点美好，宽容全部。

但是，耶稣又说：爱你们的仇人，为迫害你们的人祈祷！上帝使日头照恶人也照善人，降雨水给义人也给不义的人。有人打你左脸，你要把你的右脸也转过去。有人夺你外衣，连内衣也不要争持。有人向你求，你就给他。你们若爱那些爱你们的人，你们还有什么报酬？就是罪人也爱那些爱他们的人！你们若善待那些待你们好的人，你们还有什么报酬？就是罪人也会这么做！

耶稣话语中的宽容不是凡夫俗子所能做到的。耶稣能宽容那些给他穿上紫红袍、戴刺冠，打他、羞辱他，给他吐唾沫刺死他的人。但要一个人，抱着一把刺进自己胸膛的剑，没有怨言，还能跟对方说谢谢，这样的境界，又岂能是人做到的？除非人人是耶稣！

我做不到，也理解不了。但西方心理界一句话却让我豁然——"耶稣说爱你的仇敌，是为你的身体考虑。宽恕那些伤害过你的人，不是为了显示你的宽宏大度，而首先是为了你的健康。如果仇恨成了你的生活方式，那你就选择了最糟糕的生活"。宽容是美好心灵的"维生素"，因为当你的内心矛盾冲突或情绪危机难以解除时，肌体内分泌功能就会失调。当你的身体内包含着愤怒、仇视、决裂、报复等情绪时，你的血压会升高，激素会紊乱，免疫功能减退，神经功能和记忆力都会减退。而这些比吃毒品还恐怖的不良情绪就会借着魔鬼的力量，蚕食你的身体！而等你醒悟时，你已经为你对仇敌的恨付出了比他伤害你更可怕的代价！而一个宽容大度的人则完全不同。他看似受了侮辱，但当他从内心宽容了你时，他不仅仅是为你松绑，更是释放了自己的心灵和身体。你宽容别人不是为了他，是为了你，你爱你的仇敌不是为了显示你的大度，而是为你自己！因为一个充满爱的心灵才是健康的，爱是滋养生命唯一的养分，恨则是摧毁生命最快的武器。你爱你的仇敌不全是为了他，你爱他正是在爱你自己！而也许，到那时你才明白，别人，的确是另一个自己！

南非反对种族隔离运动的民族领袖曼德拉曾被白人统治者关押在荒凉的大西洋小岛上 27 年。在这期间，他受尽凌辱与虐待。谁也没有想到，1991 年曼德拉出狱当选了南非总统后，在就职典礼上还邀请了三名曾经凌辱虐待过他的狱警，并把他们和其他到场的贵宾一起介绍。他的这一举动震惊了整个世界，他博大的胸怀和宽容的精神，令那些曾经凌辱虐待过他的狱警汗颜，也让所有到场的人肃然起敬。后来，曼德拉解释道，自己年轻的时候脾气暴躁，性子很急，正是监狱的生活使他学会了控制自己的情绪，学会了宽容。获释当天，他心情平静地告诉自己："当我走出囚室，迈向通往自由的监狱大门时，我已经清楚，自己若不能把悲痛与怨恨留在身后，那么，我其实仍在狱中。"

宽容，就是为了免去你继续坐心灵的监狱；爱那些伤害你的仇敌，也是为了免于你继续遭受这样的苦难。这就是你为什么要宽容的真正原因。

对的思维没有痛苦

一

活着，一定会遇到很多倒霉的事情：去饭店就餐，等了许久，慌张的服务员把菜汤洒在心情本来不佳的你的大衣上；路过某条道，城中村村民似乎永远那么糟糕，污水乱倒，房子今天拆明天建，你某天正着急送孩子，他们却忽然把楼板横置在路中央；千小心万小心，新买的车还是被别人撞了，你喜欢完美的心也烂了一个大洞；你辛辛苦苦，兢兢业业，但提职永远轮不到老实人；你认为这个世界有天长地久，但爱人还是移情别恋了；甚至像电影《反基督者》中那个男人一样，孩子坠楼死了，妻子疯了，还整天折磨和伤害已经到了精神崩溃边缘的你。全都被打坏了，你保留不住任何完好。外在一次次、一遍遍作践你的心情，作践你的人生，把你奉为价值的东西全贬得一文不值！这时，你愤怒你痛苦，你恨不得撕烂这又破又烂的一切！你甚至恨不得毁灭自己，以使你不要看到这个糟糕的世界!

如果你这么想，地狱就降临了。你看似完好的一个人，内在已经陷于万劫不复的五花大绑中。你越恨，越想毁灭，仇恨就像根绳子，把你勒得越紧。你如果一门心思顺着这种思维往里钻，你就会越来越活得生不如死!

可假如换一种思维想想，你也许会获得轻松。那个慌张的服务员把汤洒了你一身，是因为她太忙了。她工作辛苦，收入低微，每天还很忙，应该得到你的同情和体谅。城中村村民的确糟糕，但他们盖房子，是为了日后的生活得到保障。新买的车被碰了，是那么倒霉。可在你的不幸面前，其实可以加一个"更"字。但你没遇到更倒霉的，人很安全，坏了的部分还可以补偿，车就是为人服务的，它再美再好就是辆车，你怜惜对它的损坏是对的，可假如这个怜惜过度了，变成了生气和自我折磨，那么车原本要带给你方便和快乐的存在意义就失去了。提职的事情是轮不到你，可你老实为人，身心坦然。你永远不会挨着枕头睡不着觉，你不会得焦虑症，也不需要依靠安眠药活着。甚至，因为你没有那么多的饭局，你不可能吃坏喝坏自己的胃。你没有寸步不离的服侍，你每天必须去挤公车，因此没有肥胖，跟冠心病高血压无缘。而且，因为你没有太多可以被别人利用的能量，所以你才有足够的时间可以属于自己，做自己喜欢的事。你的爱人离开你心思飞走了，这的确让你伤心。可即使她离开了，你还是要含着伤痕去祝福她，因为她曾经给过你美好和温暖。我们无法去贪恋和永久占有任何美好和温暖，想一想，我们都会死，在死去的时候，任何曾经属于我们的东西都要放手。而一个从来没有体会过失去的人在死去的时候将比任何人都痛苦。但已经在活着时便不断体会死亡和放手的人，他面对死亡将毫无惧色。你要这么想，上帝也许是怕你死的时候太苦，所以在你生的时候，一点点拿走你手心的宝，使你懂得放手;甚至有可能，上帝更残酷，他在你生时夺走了你的孩子，还逼疯了你的妻子。但这种巨大的苦难，你不要让它成为巨大的可以压死你的恨！你如果有足够的悟性足够的承受力，你就去和上帝对话，问他为什么。你问一遍就有一遍的收获，你如果不断问下去，就会发现，你对苦难的原谅都成就了你心里那巨大的爱，那简直无法让你承载的爱会使你的灵魂体会到百倍的含泪带血的幸福！你终于宽恕，终于原谅，终于还在受到伤害的时候学会感谢。你，离那些最伟大柔善的灵魂那么近那么近！上帝又一次成就了你！

你必须这样相信，相信活着遇到的事物都是为了爱你才出现的，都是为了成就你才发生的，都是为了引导你才使你痛苦的。只有这样，巨大的痛苦才能变成巨大的爱、巨大的成就和巨大的感谢！

二

我也在不断遭遇倒霉的事情。每每遇到也那么气愤伤心，那么难过怨恨。甚至，因为有一颗比常人更细腻与敏感的心，我反方向情绪与正方向情绪反弹得比常人强烈。说一件很小的事在心里引起的情绪反应吧：前阵子车被蹭了。才买了几周的车，不是因为别人碰，而是我们要去一个街道吃饭碰坏的。当时都很心疼，彼此抱怨一路。虽然出行时在山下写了五首诗，在靠路边的果园里挖了很多荠菜，买到刚从树上摘下的新鲜甘甜的苹果，这一切美好，也不能抵消蓝漆掉了一大块。

很完美的东西毁坏了。即使去修，他说车都是从碰坏的地方开始生锈的。虽然我们用不了那么久，可再也找不到那么崭新完好的感觉了。这个疤会一直烂在心上。即使别人看不到，但我知道哪里坏了。怪完对方，我又开始怪自己，为什么当时要去那条街吃饭？越想心情越糟糕，出行的快乐荡然无存。

回到家，他睡在床上没说话。我把几首诗敲进电脑后，就躺在旁边。

他眼睛闭着，手盖在头上。我看见他柔软的皮肤上青筋暴起。那都是血管，这么多的血管都可以看见！他那么瘦！他的眼角也有皱纹了，他的头上生了白发！我拉过他的手，开始抱歉无比。我在楼道里问他有没有因蹭车心情不好，他说这是常事，没什么。其实他只是把不快乐埋起来。我知道谁遇到这些倒霉事也不大舒服，但我还雪上加霜，我还怪他！那一刻，内心的歉疚使我不由得摸着他的头发，开始忏悔：对不起，刚才我的抱怨很不应该，你也不是故意要蹭车，而且是我要去吃那家的饭，假如不去也许就不会发生了。你开车本来就精力集中很辛苦，生活使你比我更辛苦，但我对你的体谅总不够多。至于车，就是为人服务的。只要你健健康康活很久，孩子听话快乐，我好好写东西，我们有一天定会有花不完的钱、开不完的车。哪怕什么都没有，只要有你在，生活就这样平静延续下去，我也会觉得很幸福。

后面很多的话，我没有说。但心里一直默默想，想到鼻子发酸。尽管当我把千言万语化作了一句：我发现每经历一件事，我对你的爱就多一层。他说他没感觉到，但在心里，我已经深深体会到了。这个和我朝夕相处的人，我怎么爱他，都不够报答他对我的好。时光多么少，我为什么还要用抱怨消耗这原本就不易被对方觉察的感觉呢？

关于婚姻，我最近一直这么想。等到很老很老了，坐在阳台上望对方那望了一生的容颜，看年华中彼此都在褪色发白，想这么多年我和他生了那么多回气，流了那么多次眼泪，但我居然都原谅他，我原谅了他几十万甚至几百万次，我自己真伟大！然后，再想想对方，他也把我这么一个有那么多缺点、任性骄傲的人原谅了几十万几百万次，他也那么不容易，他也那么伟大！而这么伟大这么胸怀广阔的两个人相互依靠了一辈子，这是多么完美的婚姻，多么伟大的感情！没有一种感情，比这样的感情更深厚，也没有一种爱情，能在这样的原谅与宽容面前，敢不汗颜地去说自己伟大了。

三

在生活中，一些事情发生时，人往往很容易把指责苗头对准别人。总觉得别人不够好，外在让自己不顺心。然而，事情都是表象的体现，关键在于内在信息。一个人的命运，往往取决于他如何看待这些发生的事。期望外在这些客观事物不要伤害自己，就如面对一面墙，你明明不能通过它去到达目的地，但你总是要用身体和它较量，不是你受伤，你还想让谁受伤？你也许会说，我破了它，我推倒它！对，一次可以。但下一次呢？依然有墙。你继续吗？继续。那等着吧，你如果不能转变思维，使自己绕行，你所遭受的痛苦和伤心，将使你的生活永远如同地狱！因为，对于事物之下提醒你的那些隐形信息，你若总是无法用脑袋接收到，你就会不断遇到类似烦恼，直到你醒悟！

期望别人怎么样就如同期望客观事物一样，我们不可能改变别人，但我们可以把与人之间生发诸多烦恼，看作自己的锤炼之地。你不可能使别人多完美，但你可以通过一些事情发生时暴露出你身上的不足，使自己趋于完善。只要你不再期望别人，而是期望自己，修正自己，你就会获得神的喜欢！因为神是要你走在自我提高的道路上，使每个人走在自我提高的道路上，像一棵树一样获得不断成长！而生命再没有比做这样的事情更对了。只要你这么做，即使事情再微小，你也会感到强烈的喜悦，并觉察出自己的力量来。而当某一天你因为这个努力成为一个出类拔萃的人，你再把这个感受告诉别人，你就可以影响到他，影响到很多人，这就是你对人的帮助，对整个人类的贡献！

但人往往就事论事，很难像托尔斯泰一样，还得出如此入微的描述："我对上帝祈祷，求他免除那些折磨着我的痛苦。而这些痛苦是上帝派给我的。主人为把牲口赶出起火的棚子，为了救它，便用鞭子抽它。而牲口却祈祷别用鞭子抽它。"

人的恶就是总也不承认自己所犯的错误。把自己还没认清的东西，全部称为恶，而那，很可能是包含神意的善。

四

"恶就在人心中，就在那能取出恶的地方。"恶不是一种事物，恶是那认为有恶的思想。

所有不幸的事情都是应该遇到的，都是命中注定的。都是信息，都是暗语，要告诉你什么。不要诅咒苦难、逆境、苦痛，只要认出苦难的益处，你就长进了智慧，并使它们骤然变小。要知道，上帝并不是要人类活得富有、长久、安逸。上帝是要人类在苦难中获得自我拯救，使你历练到什么都不能伤害你，你把什么都能看成福赐与恩德，连死亡你都心怀感激，视为恩赐的地步。

所以，莫要怕那些苦，莫要怕那些屈辱。如果你能谦逊地接受它，这屈辱就会用与之相连的灵魂幸福加倍抵偿你。不信，你去原谅吧。你原谅多少，你内心就有多少幸福感，像泪水一样迅速滋润过你仇恨的心田。

要越来越多摆脱肉体生活，过精神生活，过有灵魂的生活。所有离我们而去的事物都在告诉我们一个信息，什么是我们可以拥有的，什么是我们必然会失去的：

"人无法永远拥有的，是不为他所掌握的、不属于他的东西。是那些别人能够从他那里夺走的东西。这些东西都是人无法掌握的。人所能够掌握的，只有那不会被任何人、任何事情所损害的东西。前者是指尘世的福分：财富，名誉，健康。后者是指我们灵魂的完善过程。我们所能掌握的，恰好是那些对于我们的幸福来说必不可少的东西。因为任何尘世的幸福都不会带来真正的幸福，它们带来的永远是假象。能带来真正幸福的，只有我们在走向灵魂完善之路上做出的努力。而这些努力是随时都由我们所掌握的。"

当肉体凋谢时，精神一定要生长起来。这样，人就会越活越有力量，越活越有激情。然后慢慢地，灵魂会引导人越来越有信仰，渐渐地，这个人就会对世间一切都没有怨恨，没有反抗，因为他知道，"我们所受的对待正如一个慈祥的父亲对自己的孩子一样，没给我们的都是那些不能给我们带来幸福的东西，而所有我们需要的东西，都已给了我们"。

这就是对的思维。对的思维发生时，人会觉得幸福，觉得上帝爱自己，万物都企图帮助自己脱胎换骨，获得涅槃。不对的思维发生时，人才会痛苦，这其实正是不对的思维通过对你的折磨，在扭转你已经走偏的道路。

我们要不断矫正自己。我们也在自己没有意识到的时候获得矫正。

你矫正过自己吗？

要获得这样的意识：烦恼即菩提，痛苦是思维出现问题时的提示音。

要能听出这些内在的信息。

爱的蓝色火焰

　　10年前很喜欢纪伯伦，把他的书都设法找来读。见我那么崇拜纪伯伦，一个看过不少外文书，研究亚洲文化的专家嘲笑道："纪伯伦不过是一个悲惨的人，20岁就被人包养了。"包养这个词怎能随便用在纪伯伦这种特懂爱的智者身上？社会上那些滥词都是无知者乱贴的标签，所以这句话非但没影响纪伯伦在我心里的位置，反倒让我觉得有些颇为有名的专家简直就是"砖"家。

　　最近发现关于纪伯伦生活方面的书在国内相继出版，就找来看，才知道关于纪伯伦这段被"包养"的故事。

　　纪伯伦21岁在波士顿举行个人画展时，其才华引起当地女子学校校长玛丽的关注。玛丽出资送纪伯伦去巴黎美术学院，跟罗丹学习绘画。玛丽大纪伯伦10岁，他们后来的确相爱了，书信不断。如果说这是包养，请看看纪伯伦写给玛丽的信怎么写：

　　"我读你的信，只觉得它就像源自生活核心的书信——就像生命之书——在大多时候，在黑暗的时候，当我被忧愁困扰而感到失望时，它便应时来到我的手里。你的信中总是夹带着那种为我们装点生活的日日夜夜的因素"；"生命是你灵魂中更为伟大的生命……在你的灵魂和我的灵魂里有一种静止的生命。一个生命面临着多条门路……

通过你引导我的生命本身就像一道门。你一中断联系，对我来说就像是中断与生命的联系；与你结为一体，就是与生命结为一体"；"生命中最美的事，即你是我的欢乐。你是我心所珍视的，你简直就是我的心"。

纪伯伦的层次何等之高，如果没有遇到这样的心灵，又怎可能勉强和欺骗自己？而我们通过玛丽写给纪伯伦的信也可窥见玛丽的内心：

"我与你之间存在着天上的秘密。我与你之间存在着哲人们的金石。我与你之间存在着光明与黑暗的真理。我与你之间存在着信仰"；"我灵魂的兄弟，你的爱是天使用天丝织就。每一个灵魂所得到的悲伤，与那个灵魂的完美相等。你那不可抗拒的痛苦，原本是神光的闪烁。光神的额头借助于生命而抖动"；"笔在我的手里颤抖，每当我想写字，一种无能感就朝我袭来。我给你的信并非轻而易举就能写成，在我生活的某一个阶段，我必须征服我的心灵"；"话语是一阵风，而爱情则不是一种可以听到的语言。爱情的含义是重视他人超过自己。它是一切以及一切的反面。纯粹的爱情是受智慧支配的冲动"；"无论如何，我不会拿你的天赋当作赚钱手段。你的一切在利益之上。我只希望我的灵魂效仿你的灵魂，以便提高我的品位"；"学校已于9月26日开学。神经系统、古希腊史、诗歌中的宝库、威廉·华兹华斯的诗、大地的亚特拉斯、马萨苏斯教堂群这些课程的教程将由我来拟定"。

从这些对话中可以看到，玛丽的学识极高。这是一对非常匹配的心灵。玛丽独具慧眼，她看到纪伯伦的才华，知道上帝举荐了纪伯伦。她明白物质只是一种装饰品，它会把真实遮掩。她拨开遮掩替上帝来帮助纪伯伦。她帮纪伯伦求学，帮纪伯伦买下大画室，甚至怕纪伯伦为了生计拼命影响身体，不时寄钱资助纪伯伦。以至于纪伯伦多次在信中说道："我爱你，我敬重附在你身上的那个人，我敬重像水酒一样与你交融在一起的高尚灵魂。""你寄来的这些钱是为了按你喜欢的那样让我存起来呢，还是愿意让我债上添债呢？我的眼睛淌出了太多泪水，你既知道我有足够数年花用的钱，为什么还要寄钱给我呢？你已把我从活命的必需条件和为家奔波操劳中解放出来，为什么还要寄钱给我呢？"但有时流言蜚语过来，出身东方的纪伯伦又觉得自己被玛丽买了一样，玛丽回答："你爱得慷慨大方，却又谨慎小心。宁要怒气冲冲的自由，也不要丰腴绵软的奴性。这点我很理解。但钱没有什么分量，是瞬间即逝之物，我把它当作丢弃在角落的废物。超过我所需要的钱财，我觉得都不属于我。""我所担心的是我玷污了友好关系，削弱了这种高尚友谊的价值……这种导致迷误产生的令人痛苦的感觉，才是最严厉的惩罚。"

他们的层次相当，他们的心灵能够相互看见，他们因灵魂的相同接近而相认相爱。在纪伯伦从巴黎求学归来后，他向玛丽求婚却遭到拒绝。虽然出生美国的玛丽思想并不守旧且当时未婚，但他们的交往因年龄也引来很多非议。玛丽觉得年龄是个障碍，她觉得纪伯伦应该有更好的爱情，纪伯伦的婚姻应该是他辉煌事业的开始。所以面对求婚她难过又高兴，但最终选择不占有。如果她不爱纪伯伦，其实可以选择早点结婚。可她把纪伯伦陪伴了 27 年，陪伴到自己已经 53 岁才走入婚姻。这个女人非常了不起。不仅内心了不起，做事也高出流俗。她知道纪伯伦是属于历史的。她没有像歌德生命中的那些女人一样，她们接近歌德就是想借和歌德的交往在历史上留名。也或许她根本都没想到这些，因为纪伯伦当时也籍籍无名。她只是想将这段感情在生命中留存得更为完美。

纪伯伦也是高尚的人，多少年一直想要偿还玛丽为自己的付出，被玛丽拒绝："你说的都是废话，一个负有使命的人，决不能让其濒于穷困潦倒境地，以免埋没了他的才能，葬送了他的天资！"玛丽并非一个富翁，她其实只是一个美国的中产阶级，她认为富人只会因为金钱失去理智人格和朋友，只会因为钱才被人提及。她觉得纪伯伦的精神令人平静，令世界一解干渴。她明白纪伯伦的超越领先，她并不想让纪伯伦成为有名的富翁，成为醉心权贵的人，只是希望他好好珍重自己，不要忽视上帝给予的天赋。

没有玛丽就没有纪伯伦的艺术之路，但这对精神情侣最终没有走到一起。很多资料写到黎巴嫩的女作家梅伊才是纪伯伦的精神知己，我却不这么认为。因为梅伊曾一再嫌纪伯伦不把两人之间的感情明朗化，说纪伯伦写的情书也是抒情诗。虽说纪伯伦给梅伊的信写得很长，但写得很少。而且在我看来，纪伯伦在自己的粉丝梅伊跟前有足够的优越感，难免有卖弄文采之嫌，所以纪伯伦给梅伊的信会斟酌文字会打草稿。那些信的确读起来让人很享受：

"梅伊，有一首我们能在静夜听到的幽深恬静的歌曲，它带着我们超越黑夜，超越白昼，超越时间，超越永恒。在这份情感里，有一种不会消失的痛苦的忧郁，我们觉得它亲切。如果有可能，我们不会用我们所体验的或幻想到的一切快乐与荣耀将它替换。请用你自由的真纯的、振翅高翔于人间路途之上的心灵给我写信。你我对于人类知之甚多，了解那些让人类相互接近的意趣，也了解让他们彼此疏远的原因。那我们何不远离哪怕一个时辰，远离被人们踏过的熟路？我们何不伫立凝望，哪怕就做一次凝望，凝望在黑夜和白昼、在时间和永恒之外的奥秘？"

"雾霭，我是那另一团雾霭。来吧，让我们在高山深谷中盘旋，在林间树梢里穿行，让我们淹没高耸的山岩，进入生灵的内心和堂奥。来吧，让我们去遨游那些遥远艰险、不为人知的所在。"

你为这些信告诉我，我们应该就此停住了。感谢上帝，我们没有就此停住。梅伊，生活是不会在任何地方停住的，这个壮丽的队伍只能前进不息，从无穷到无穷。我在那遥远宁静的原野所见到的你，永远是甜美温婉敏察一切无所不知的，永远借着上帝之光看待生命，又以自己灵魂之光照耀生命。然而我们一旦通过白纸黑字聚会时，我们就都成了最爱纷争较量的好斗者，热衷按照有限的规则，为了有限结果而作智力较量。

"梅伊，心灵是纯真的，心灵的表现也是纯真质朴的，而精巧的文辞则是社会的复杂产物，我们能否舍弃精巧的文辞，而用简单的话语？

"我们的心从未产生争执，产生争执的只是我们的思虑，而思虑是后天产生的，是我们从周围环境、可见的事物、从日积月累中获取的。至于灵魂和心，则在我们产生思虑之前，就已经是存在我们心中的神圣本源。思虑的职能是安排事物的次序，对于我们的社交活动来说，这是一个必不可少的不错职能。但在我们精神和心灵的生活中，却没有思虑的位置。高尚的思虑可以说，将来我们如果有了争执，我们不该分道扬镳。思虑可以这么说，尽管它就是争执的祸首。但思虑无法说出一句有关爱的话语来，也无法以它的言语标准来衡量灵魂，或者以它的逻辑为砝码来称量心灵。

"梅伊，人们说我是个博爱的人，有些人还因为我爱所有人而责备我。是的，我不加区别不加筛选地爱着人们，我把他们当作整体来爱。我爱他们，因为他们都是来自上帝的精神，但是每颗心灵都有其特殊倾向，每颗心在孤独时都会寄情于一方，每颗心都有自己幽居的禅房，可以从中觅得宁静与生机。每颗心都向往着和另一颗心联系，借此享受生活中的幸福和平安，来忘却生活的苦痛。"

这些信比给玛丽的信写得细腻绵长，其原因可能是纪伯伦用母语写得顺手，而纪伯伦给玛丽的信都是用英文写成的，早期他的英文还很差。而从给梅伊信的字里行间，可以看见纪伯伦的孤独和对理解的渴望，也可看到梅伊和纪伯伦的争吵几乎没停止过。纪伯伦一直像个智者一样劝慰梅伊抛弃那些怀疑与猜忌，想让梅伊把目光从美丽的表象转向美丽的真理。可梅伊的精神一直不能达到纪伯伦的层次，以至于纪伯伦将她称为"我的小女儿""小公主""小宝贝"。1923 年，也就是玛丽结婚的那一年，是纪伯伦和梅伊书信最多的一年，后来就越来越少，到 1926 年一年都没有一封，到 1927 年就只是寄书。如果说纪伯伦最挚爱的是梅伊，为什么他对和梅伊的感情一直闪烁其词不肯正视？难道梅伊只是纪伯伦逃避痛苦时暂时的精神寄托？在玛丽结婚后的第四年，纪伯伦就去世了。假如玛丽存在于纪伯伦的生命里，假如玛丽和纪伯伦结婚，或许纪伯伦就不会那么早辞世吧？因为从书信的内容来看，只有玛丽和纪伯伦的心灵层次与认知是匹配的，梅伊提的很多问题，在玛丽那里根本就不存在。只可惜斯人已逝，也无法得知究竟。

犹记得纪伯伦给玛丽的信："我们之间的关系难以形容，那是生命中最完美的，不断变化，不断更新，不断成长；我们之间交往的本质，别人是领略不到的。那是真理的精髓。其次还有一种语言，你我之间有的真理语言，一种无话之语，那种奇妙的默契，自从我认识你的第一天开始，我就了解。玛丽，你明白一切，你通晓一切。"

纪伯伦还经常把自己用英文写的文章交给玛丽润色修改，而玛丽则聪明地知晓："我接受他的诚意，我熟悉的谦虚。他有意鼓励我，以此提高我，他想让我把头高高抬起，让我的灵魂放出光芒。纪伯伦是一个高尚的人。我在他身边时内心是那么甜美，我静听着那互访之弦发出的无声甜蜜乐曲。"

这甜蜜的回音，这一个人的两个灵魂，在玛丽结婚的那一刻中断了。当时有个叫福鲁伦斯的男人再三向玛丽求婚，玛丽认真征求过纪伯伦的意见，也考虑自己已经53岁，老年需要个归宿，陪伴了纪伯伦27年的玛丽最终步入婚姻。纪伯伦当时怎么想无从而知。可以想象，面对疏远像玛丽这样的与自己心灵接近、多年形影不离的灵魂，纪伯伦肯定非常痛苦。玛丽结婚后，纪伯伦便很少再写信来往。但纪伯伦去世后，他把自己的所有画作全部留给了玛丽，也留下了珍藏多年的玛丽写给自己的290封信。

纪伯伦去世后，玛丽在丈夫不支持的情况下，毅然赶去参加纪伯伦的葬礼，并让博物馆先拿走最有价值的一些画替纪伯伦珍藏，后来又将两人的通信交给北卡罗来纳大学。她说："我的心不服从我的意。我相信纪伯伦，深信他的伟大。这信件已是历史的一笔财产，它是历史的一部分。"

而梅伊在纪伯伦去世后，精神和健康先后崩溃，一直过着与世隔绝的生活，一度被送到贝鲁特的精神病院救治，后来在开罗度过了生命最后的两年时光。在纪伯伦书中画像旁梅伊写下一段话："多年前这已注定我的不幸！"梅伊依然认为那是不幸的，但纪伯伦说过，生命中充满了穿着痛苦外衣的欢乐，充满了甜蜜的痛苦。只有玛丽将这一切都承受下来。她死时不让人举行葬礼，只是让在玛丽的墓碑上添上丈夫的名字，注明是福鲁伦斯第二任妻子。一生所经历的痛苦悲欢在她那里，全都风平浪静。

也说宽容

大年初一和母亲外出，在街上见人吵架。主吵者因为愤怒，身体已完全僵硬。骂人的词简单到只剩三个字，且三个字说出来就像历经了尖石的蹂躏打磨，每个都变形歪曲，一如那人失去自控的肢体语言。我一见就道："这人完了，估计活不成了。"因为他还拄着拐杖。母亲也说："是，他可能有病。"果真吵架间隙，他腿一走动，有脑中风留下来行动不便的痕迹。在身体这样的状况下如此大发脾气，想想后果，我顿时很为他担心。

初三准备返城，母亲因家事和舅舅说了几句，说激动了血压升到快二百。她一人躺在床上不动，我们也个个提心吊胆。回家路上连缀起这两幕情景，我对弟弟说："我明白为什么老子要人守柔处弱了。因为强硬之物真是死亡的象征，而柔弱代表着生机，代表着给自己留有出路。截取一个片段看事物，譬如看两人对吵，人总羡慕那个伶牙俐齿时时会占上风的人，却不知这样的人在不断累积某种恶，越来越强。比如咱妈，天下没人能驳过她的理，她性格争强好胜，但是这好吗？伤人的事就像七伤拳，那股能量调动起来总先伤己再伤人。所以耶稣说要原谅对方七十个七次。这份原谅首先有益自己，否则，第一个被惩罚的是你而不是别人。"

说完，内心顿觉豁然。这两个片段让我看到一种线性画面。那就是在一个情境里，事物无法被解决，延伸它到更长更大，看见它的流动，这样不仅没气可生，而且也顺藤摸瓜能找到事物的发展规律。由此又想，谬误都是局部真理，或者说局部的或过于有限的，就会导致谬误。而摆脱这一切的办法就是眼界、心量、视野的扩大。容人，有更大的胸怀去容人，而不是谴责人。世界永远善恶共存，我们每个人身上都有一部分剔除不掉的恶。纪伯伦说恶是饥饿的善，还有人说人间无恶，这也是说，有限（因为意识不到或摆脱不了）即是恶或者说导致恶，只有与无限接纳，我们才有可能摆脱恶。

顺着这个思维，想起曾看过的一部韩国电影《密阳》：一个女人的丈夫去世了，她带孩子到丈夫家乡密阳去生活。孩子却被学校校长杀死了，这个女人为此差点疯掉。最后她信了基督，自认为内心非常强大了，她决定宽容那个杀害自己孩子的罪犯。在监狱里她见到杀人者，发现杀人者气色很好，比自己还好。一问那人，那人说上帝早就宽容过他了。于是她内心顿时又起了魔鬼，开始疯了。她心想我还没有宽容，凭什么上帝就能宽容，凭什么上帝不经我允许就能宽恕，使他过得比我还好？出来后她专门捣乱教会，和上帝作对。最后真快要把自己逼死逼疯了。直到懂得接纳与宽容，她才开始了新的生活。

平日里，宽容像一种心态，表达着无所抗拒完全想通的接纳。只有在内心无碍的时候，人才能接纳这个好像一直在伤害着个体的世界的不完美之处，接纳其中每种不完美的存在、每个不完美的人和不完美的自己。就因为有这一刻的心境，似乎世界瞬间被补完美了。但一遇到事情，人就会马上生刺，顿时变得不宽容起来，平日谈起的宽容实施变得艰难起来。所以，宽容才是每个人一生需要不断学习和修进的功课。柴静说："宽容不是道德，而是认识。唯有深刻地认识事物，才能对人和世界的复杂性有了解和体谅，才有不轻易责难和赞美的思维习惯。"——这种认识看似平淡无奇，但只有认识先到行动才能跟上，认识到迟早都能做到。《密阳》中的女人就因为认识不到，无法原谅而始终难以释怀，让自己的生活走入更深的地狱。而美国弗吉尼亚理工大学枪击事件后，那些为罪犯点燃蜡烛和祝福卡的被害学生的家长，却为自己打开另一种提升心灵的渠道。而且，宽容不需要底线，但惩罚需要底线——比如废除死刑。因为惩罚永远没有宽容更能改变世界改变人心。甚至，即使那个《密阳》中的女人孩子被杀了，但上帝就是宽恕了罪犯（因为那个罪犯说他初进来时每日哭每日忏悔，最后神就原谅他，让他内心获得了平静）——而那个母亲她不宽容生活就是地狱，她必得走过这么大的宽容才能活下来。

　　说到宽容，又想起顾城杀妻一事。的确，从生命阶段想顾城这事，简直让人瞠目结舌哑口无言。但拉长看如果从宗教角度想，想到生命是不死的，那么是不是杀害就成了另一种启程，虽然是被迫的启程？当然，这个说法不合情理也不讲道理，但昆德拉曾道，"凡是发生的一切都已得到了神的允可"。所以在我们眼中的恶和上帝眼中的恶也许是两回事？要不，为什么神不谴责？神把那么好的才华给了顾城。

　　话题扯向虚无了。但我觉得，神大概真是原谅了世间的一切，他只是看着人间，问人，我都原谅了，你原谅不原谅？我总觉得上帝在一遍遍这么说，他置身高处能看见人的有限与可怜，所以原谅。而人身处有限无法看清，人就是不原谅。而正是人类自己的不宽容不原谅，造成了更深的伤害和残杀。只有爱是出路，在一切的恶面前，只有去爱，即让世界被感激和宽恕引导着，被爱引导着走向正道。而谴责只会制造恶，甚至所有的政治都因为有谴责惩罚，也难以把握那份惩罚的尺度而产生着暴力和恶。但特蕾莎修女却从不制造暴力，她只制造纯粹的善，因为她用爱用理解。她不谴责就像她知道恶只因为有限，而她身处无限庇护所以能够原谅。

——低处的深渊只能从高处涉渡，有限只能于无限之处得救，这就是宽容，是每个人乃至全人类的唯一出路。虽然仰仗人的能力做不到真正的宽容，但举目向神，就觉得天空便是神赐的心胸了。

关于宽恕，德里达有这样一句话：宽恕"不可能宽恕的"才是宽恕。真正的宽恕，它的每一次具体实践（实现）都会打破原来关于什么是能宽恕的、什么是不能宽恕的经验和界限（解构宽恕原来的可能性），就像正义的每一次具体实现都会要求法的重新运用甚至发明（解构法之运用的原本可能性），就像真正的爱是爱那些超越你并更新你的事物（解构自我的同一性），否则就只是变相的爱自己（自恋）而已。无论是宽恕，还是爱与正义，都需要一个超越性的维度，否则就会被日常生活的平庸所吞没，或者被罪所压垮，或者为计算所腐蚀。

——对于很多事，作为旁观者我们尚义愤填膺无法宽恕，如何指望受害者能去宽恕原谅？此刻我们不是受害者，那么作为旁观者，让我们让自己的思维往前一步，就像德里达所说的，从认识上突破一下自己认为不可宽恕的人事，这样，也算是自我的一次超越和进步。那么下次真是不幸临头，我们才不会像《密阳》中的那个人被差点逼疯，才有可能像弗吉尼亚理工大学枪击事件中失去孩子的学生家长，去为伤害自己的人点燃祝福的蜡烛。

歌德的立场

提及歌德，人们不由得会想起《贝多芬传》的描述：一群王公大臣走来，贝多芬傲然站立，歌德脱帽鞠躬。歌德一边过着庸俗渺小的宫廷生活，一边创作出崇高壮丽的艺术诗篇。他的处世态度和文学成就判若云泥，让后人非议良多，别林斯基那句"歌德作为一个艺术家是伟大的，作为一个人是渺小的"，仿佛给歌德定了性，但歌德到底怎么想？

助手艾克曼对歌德曾说："我通常接触社会，总是带着个人的爱好和憎恨以及一种爱与被爱的需要。我需要找到生性与我融合的人。"

歌德这段回答可看作他对贝多芬们不理解的解释："你这种自然倾向是反社会的。文化教养有什么用，如果我们不愿用它来克服我们的自然倾向，要求旁人都合我们的脾气，那是很愚蠢的。我从不干这等蠢事，我把每个人都看成独立个人，可以让我去研究了解他的一切特点，此外我不要求他的同情共鸣，这样我才可以和任何人去打交道。也只有这样我才可以认识各种不同的性格，学会为人处世之道。因为一个人正是要跟和自己生性相反的人打交道，从而激发自己性格中一切不同的方面使其得到发展完成。"

在歌德眼里，王公贵族不比自己高贵，他也是他们中的一分子，他脱帽致敬只是对赏识自己的人群的一种尊重。众所周知，歌德26岁就被魏玛大公爵请去，成了魏玛公国的首相，歌德曾经这么描述这其中的自由："每个人都在某种条件下享受自由，这种条件是应该履行的。市民和贵族一样自由，只要他遵守上帝给他的出身地位所规定的那个界限。贵族也和国王一样自由，他在宫廷里只要遵守某些礼仪，就可以自觉和国王平等。自由不在于不承认任何比我们地位高的人物，而在于尊敬本来比我们高的人物。因为尊敬他，我们就把自己提高到他的地位，承认他，我们就表明自己心胸中有高贵品质，配得上和高贵人物平等。"

歌德这段话证明了他内心多么健康！我们都习惯接受那种受尽苦难的作家，而不习惯理解歌德这种没有过苦难生活体验的诗人。我们习惯抗拒一切，但在佛家那里不抗拒，在耶稣身上也不抗拒，他们只是在内心坚守。当然，歌德之所以能弯下腰，还不是出自宗教，而是出自他打小生活环境的优越，养成他的内心毫不自卑，从不和谁比的坦然。

在很多人的想象中，当权者全是魔鬼，个个该下地狱炸油锅，但歌德却这么说他的君主："半个世纪以来，我和魏玛大公爵保持着最亲密的关系，在这半个世纪中我和他一起努力工作，如果我说得出大公爵哪一天不想着要做点事，采取点措施，来为某个地方谋福利，来改善一些个人的生活情况，那就是说谎。要我来说，大公爵的君主地位只给他带来辛苦和困难，此外还有什么呢？在我看来，如果我被迫（被看重）替一个君主当仆役，我至少有一点可以自慰，那就是，我只是替一个自己也是替公共利益当仆役的主子当仆役罢了。"——歌德在这里给自己的劳役定了性，也给看不到的人看到了君主的真相，他们是人不是神，他们也和普通人一样向往美好又自身有限。而歌德对魏玛大公爵的评价，更是他诗人质地的体现。因为他善良，所以他能够看到一切人身上的好。袁枚曾说，一个没有好心的人是成不了好诗人的。因为核的部分不好，诗句就不会发光。

歌德经常主张——人应该能够命令也能够服从，能上能下，能升能沉。他在《温和的增辞》中有这样两行诗："谁是一个无用的人？这个人是不能命令也不能服从。"这跟《孟子》中那句"既不能令，也不受命，是绝物也"是多么相同！这是他能够弯腰脱帽的又一个原因。歌德一生视秩序如生命，甚至他对历史上伟大的法国革命也持反对态度。他说，"我憎恨一切暴力颠覆，因为得到的好处和毁掉的好处不过相等而已。我憎恨进行暴力颠覆的人，也憎恨招致暴力颠覆的人"。在他随军围攻麦因茨时，尽管自己打了胜仗，可目睹城内紊乱情况，他内心十分难受："我宁愿不公正，也不愿忍受无秩序。"尽管有人因此攻击他说，歌德爱平静胜于爱十字架，但歌德还继续这样表达："让不公正存在，比用不公正的方式消解不公正要好些。"甚至他总结个人全部的教义就是："做父亲的要照管好他的家，做生意的要照管好他的顾客，修士要照管好人们互相友爱，警察不要干扰人们的安乐。"仔细想，歌德在这其中的境界已经非常高了，超越了那个时代甚至我们这个时代的好多人。

歌德人生之所以能够内外兼得，是他深知外在和内在结合的重要性。他曾说："一个人要认清一切，需要有足够的钱为经验付出代价。例如，我为我的每一警句至少要花去一袋钱。"而歌德之所以会成为魏玛官员，既是魏玛大公爵赏识，也是他本人想要深入参与社会。他一再认为，每个人都要为人为己有用处。来到魏玛，在魏玛公爵的政府里与现实接触，他的人生认识也发生了变化，他渐渐感到人生有比热情更可宝贵的事物——责任。并由此理解到艺术的价值不在于情感的发作，而在于情感的凝练，不是火山的爆发，而是海水的忍耐与负担。

作为一个人，歌德异常现实聪明，他不但知道经济基础对于艺术创作的重要性，也知道身体健康对于艺术创作的重要性。他曾经邀请席勒来魏玛安家，还请大公爵每年给他1000元的年金，并约定如果席勒生病不能工作，可以加倍颁发。但席勒拒绝接受这个加倍。到了晚年席勒家累变重，为维持生活，他不得不一年写出两部剧本。为完成工作他身体不好就去借酒提神，这不仅损害了他的健康也损害了他的文字。歌德认为，凡是读者认为不妥的段落，都是席勒精力不济时写出的。歌德因此惋惜道："我非常尊重绝对命令，知道它会产生很多好处，可是也不能走向极端，否则理想自由这种概念一定不能产生什么好处。"

不能走向极端，这是歌德一生中最关键的部分。或者说，歌德是那类把理想和现实结合得最好的人。他说："过去有过一个时期，在德国人们常把天才想象为一个矮小瘦弱的驼子。但我宁愿看到身体健壮的天才。"

参与政治，但歌德却不写政治。他反对一些文人提出的"政治就是诗"的主张。他说："一个诗人如果想要搞政治，就失其为诗人了。就必须同他的自由精神和公正见解告别，把偏狭和盲目仇恨这顶帽子拉下来蒙住耳朵。政治的题目没有诗意，一个诗人如果有政治偏见，诗的艺术又很平庸，那么作品很快就会随着时间消失。"但他这种抗拒政治的写作态度，又绝不脱离生活。他对年轻诗人说："我只劝你坚持不懈，牢牢抓住现实的生活，每一个情况，乃至每一顷刻，都是有无限价值的。"只有政治家把生活全部看成政治，在诗人眼里，政治不是生活的全部，政治丑陋到不必写不屑写，而真正的生活中则蕴含着无限诗意！

歌德不仅不写政治，对于政治立场也是文人式的出离。歌德曾说起法国的自由派和保皇派的优缺点，却在最后把自己归结为保皇派。他说保皇派，"让别人去嘀咕，自己却干自己认为有益的事情"。他说，"我巡游我领域中的事，认清我的目标。如果我一个人犯错误，我还可以把它改过来。但如果我和三个或更多人一起犯错误，那就不可纠正了"。所以，歌德的政治和文艺都单干，他是精神上一头真正的狮子。

歌德一生经历了历史上很多重要时期——狂飙运动，七年战争，美国脱离英国革命，法国大革命，整个拿破仑时期以及拿破仑的灭亡，活了80多岁的他是历史活生生的见证人。他所得到的经验教训和看法，用他的话讲，是很多人学习不到也无法懂得的。而且，他的创作成就之大，让歌德的研究者整理了30年，整理出143本皇皇巨著！

歌德的文学态度和他的处世态度一样充满接纳。他说："人们老在谈独创性，什么才是独创性？我们一生下来，世界就开始对我们产生着影响，而这个影响一直要产生下去，直到我们过完一生。除了精力、气力和意志以外，还有什么可以叫作我们自己的？如果我能算一算我应该归功于一切伟大的前辈和同辈的东西，此外所剩下来的东西也就不多了。"

——多么谦逊的态度，甚至等到1832年2月17日，歌德去世前一个月，他还就这个理论认识进行深化："根本上我们都是集体性人物，不管我们愿意处在什么位置。严格来说，我们可以成为我们所有物的，但是微乎其微，就像我个人微乎其微一样。一般来说，我们身上有什么真正的好东西呢？无非就是知道把外界资源吸收进来，为自己高尚目的服务的能力和志愿！我们必须从前辈和同辈那里接受和学习一些东西。我绝不愿意把我们的作品归功于自己的智慧，这应该归功于我以外的向我提供素材的成千上万的事情和人物！"

跟艺术相比，政治太小。政治永远在是非中起伏，超越不了二元对立。而包括文学在内的一切伟大艺术都超越二元，甚至，艺术不屑于政治。政治是人与人，艺术是人与神。政治看不懂艺术，但艺术能把政治看个底朝天。所以歌德既明白自己是个集体人物，又知道，"我真正的幸福在于我的诗的思考和创作，在这方面，我的外界地位给了我多么多的干扰、限制和妨碍！假如我能从社会活动和公共事务中退出，多一些寂静生活，我会更幸福些，作为一个诗人，我也会写出更多东西"，歌德在魏玛的五十七年时间，魏玛成为远近驰名的"文艺圣地"，但作为诗人的歌德最终还是摆脱了作为官员的歌德，于 1786 年一个人不辞而别，从魏玛公国逃向意大利。

冯至先生曾说："德国整个 19 世纪的诗歌，不论赞美歌德反对歌德，都没有超过歌德。"德国人把歌德称为"奥林帕斯山上的天神"。歌德的这句话大概可以概括他的政治立场："一个诗人只要能毕生和有害的偏见进行斗争，排斥狭隘观念，启发民众心智，使他们有纯洁的鉴赏力和高尚的思想情感，此外他还能做什么更好的事呢？还有什么比这更好的爱国运动吗？"

改造人的精神世界，这才是歌德的理想，也是歌德自身一生的努力。

歌德临死前说的一句话是：打开窗户，让光进来。

这句话，可让歌德精神燃烧到世界毁灭。

叶芝——疯狂的爱尔兰伤你成诗

光秃秃的布尔本山头矗立着叶芝的墓碑，上刻着诗人的两句诗："冷眼/看生，看死/骑士，打此而过。"被毛特·冈认为女子气太足的叶芝，写出这样冷峻的诗句，也见得诗人一生历经了时光拙火的焚烧和打磨。

1889 年，22 岁的毛特·冈拿着介绍信拜访 24 岁的叶芝。叶芝自此开始了自己一生的烦恼。见到毛特·冈第二天，他写信给朋友："你知道我有多爱慕冈小姐吗？她会使人改奉她的政治信仰。假如她说世界是平的，月亮是个抛起在空中的旧帽子，我也会骄傲地站在她这边。"

叶芝用诗意的语言记录下他第一次见到毛特·冈的情形："她仁立窗畔，身旁盛开着一大团苹果花。她光彩夺目，仿佛自身就是洒满阳光的花瓣。"但在毛特·冈眼里，叶芝只是个"又高又瘦的男孩，眼镜下一双深陷的眼睛，上面一绺常常垂下的黑发，常常沾染着颜料斑点，衣着寒酸"。这样一穷学生，对于巴黎上流社交界宠儿来说，当然不在话下。叶芝也心怀自卑，为讨好毛特·冈，他看见她桌上的一本雨果的书，就说自己将来要成为爱尔兰的维克多·雨果。甚至为了爱，他一度卷进他所讨厌的政治事务，参加各种政治活动，陪毛特·冈四处演讲，给予她莫大的帮助和鼓励，并以她为原型创作了剧本《凯丝琳女伯爵》，甚至加入了当时一个非常激进的秘密组织"爱尔兰共和兄弟会"，和毛特·冈为爱尔兰民族运动一起奔走。

开启叶芝写作之门，让他为她写了一生诗的毛特·冈，却不接受叶芝。1891年叶芝第一次向她求婚，她拒绝并告诉叶芝：17岁时，她就做了法国一位老政治家的情妇，并与其生下一子，但不久后就夭折。为了儿子复活，她又与那位老政治家的儿子在她自己儿子的墓前野合，生下一女……这消息将毛特·冈在叶芝心中的女神形象冲击得摇摇欲坠，令叶芝万分痛苦。叶芝在回忆录中曾这样回忆："27岁那年，我重返伦敦，觉得与毛特·冈的恋爱几乎无望，想起自己的朋友都有这样或那样的女人，多数人在需要时甚至携妓回家……而我却自童年起还不曾吻过一个女人的嘴唇，当时我看见一个女人在空荡荡的火车站走来走去，甚至想主动献身给她，但老想法又回来了，我告诉自己，不，我要爱这世上最美的女人！"

就是那种完美主义的信念，让叶芝选择了另一种生活。对"世上最美女人"的追求，成了他个人创作的全部激情和动力。得不到回报的爱情，在叶芝笔下，全部升华为一首首感情浓烈、风格高尚的诗。毛特·冈在叶芝笔下，被一再比作玫瑰、特洛伊的海伦、凯瑟琳、帕拉斯、雅典娜、黛尔德等，以至有后人评说，从不曾有哪位诗人像叶芝这样把一个女人赞美到这种程度。这些诗作，几乎成了现代英语以至全世界最好的爱情诗。

1901年，叶芝第二次向毛特·冈求婚，再次遭到毛特·冈拒绝。1903年，毛特·冈嫁给爱尔兰民族运动政治家约翰·麦克布莱德。得知消息后，心灰意冷至绝望的叶芝沉默写下非常有名的《冰冷的天穹》，随之，精神和身体就被击垮了。搞得疗养院的格雷戈里夫人大骂毛特·冈不得好死，认为她太自私，只是在玩弄叶芝。而叶芝依然傻到会想："要是我去见她，把手放进火里直到烧坏了才拿开，不就可以让她理解我的感情是不会轻易抛弃的吗？"

1917年，毛特·冈的丈夫在战争中去世。已经年过半百的叶芝第三次向毛特·冈求婚，还是遭到拒绝。毛特·冈拒绝叶芝后，叶芝居然爱屋及乌到向毛特·冈的私生女伊秀尔特求婚，仿佛他要抓住和毛特·冈有关的任何一丝讯息。伊秀尔特长得很像她母亲，甚至，她差点都答应了。但此时爱慕诗人的一位25岁的女作家乔吉娜向叶芝求婚，叶芝权衡再三，等了毛特·冈一生的他，在50多岁和乔吉娜才步入婚姻殿堂。

1894年，叶芝还认识过一个极美的女人——小说家奥利维娅。两人交往几年，奥利维娅终因叶芝一直难以忘怀毛特·冈，而与叶芝分手。甚至在结婚后，到他最后去世几年，叶芝对毛特·冈都不能忘情，写信想见她。但到叶芝去世，毛特·冈甚至都没有到叶芝葬礼上吊唁一下。

很多人在提到这段故事时，都对叶芝的痴情十分怜惜，也对毛特·冈的无情无义相当贬低。的确，毛特·冈不够爱叶芝，也许是这个热衷政治的女人过于清醒。甚至，可能恰恰是她的理性成就了叶芝。她一再提醒暗示叶芝，跟她在一起他不会幸福，婚姻太乏味，诗人永远不该结婚，他可以从他所谓的不幸中做出美丽的诗来。当叶芝突然热衷于戏剧，成了爱尔兰民族戏剧社的社长兼艾贝剧院经理时，毛特·冈致信给叶芝："你一首美丽的诗要比办得最成功的剧院百倍地丰富爱尔兰，丰富这个世界，而艾贝剧院妨碍你写作许多美丽的诗……我们的孩子是你的诗，我是父亲，播种不安和风暴，使之成为可能；你是母亲，在痛苦中生出他们；我们的孩子美极了，有翅膀——"由此可见，她十分看重叶芝的天分，知道如何影响叶芝的写作。

1908年，叶芝去巴黎看望退闲隐居的毛特·冈，两人和解，用叶芝的话讲就是，"把一切又带回了 1898 年的灵婚"。他在一首叫《和解》的诗里这样写道："亲爱的，抱紧我，自从你走后，我贫瘠的思想已寒彻了我的骨头。"但毛特·冈的回信是："我竭力祈祷，要从我对你的爱里去除掉尘世的欲望，也希望你如此。我知道，对你何其之难，但我做这些祈祷，不是没经过可怕的斗争。我想，今天我可以让你与另一个人结婚而不失去平静——因为我知道，我们之间的精神结合将比今生长久，即使我们此世永不再见。"

这就是毛特·冈对叶芝的感情，不合常规，但十分清醒，异常有益。甚至可以这么说，毛特·冈对叶芝的理解要远胜于叶芝对她的理解，她知道叶芝对自己的爱笼罩着一层理想，知道他俩志不同道不合。她曾对他说："我真不应该鼓励你涉足政治，那不是你的本行。你有更高级的工作可做，而我则不同，我天生就要在群众中间的。"

毛特·冈和叶芝也不是毫无共同之处。他俩都对超自然的一切，比如灵修、法术、通灵等神秘现象感兴趣。两人一起加入过当时巴黎的"金色黎明秘术修道会"，成为同修会员。甚至，两人还一度过着一种"灵婚"生活。这种生活，看起来就像一种对意念的研究。比如两个人在梦里会不会因为彼此思念，而同时遇到？一个人说起另一个人时，另一个人能不能感知？如果没有心灵的默契，又焉能如此？叶芝曾多次重申：灵修、冥想的观察方法对他的写作有极大的帮助，神秘生活是他所作所思所写一切的中心。毛特·冈和叶芝都是有点半通灵的人，无论两人怎么样吵作一团，一回到这里，就马上成为兄妹。作为叶芝一生的朋友，毛特·冈可能比任何人都了解叶芝，她在晚年写给叶芝的一封信中，这样说："世人将会因为我没有嫁给你而感谢我的。"这话真是冷漠可恨，又极富智慧。

叶芝一接触毛特·冈，也曾意识到他俩的差距："我们在追求不同的东西：她热衷某种留名后世的行动，以给她的青春作最后的献礼；而我，毕竟只为了发现一种存在状态而已。"但诗人的感情仿佛受着某种控制，或是那种完美主义在作祟，或如他诗中所写，"我们都接受圣徒的神迹，尊重神圣的品性"，为此，他就得坚持某种高尚的品性，于是像受了神咒一般，他终生都走不出情感的怪圈，甚至到了"一首诗无论怎么样下笔，最后都会把它写成一首情诗"的地步。

"红玫瑰，骄傲的红玫瑰，我一生的悲哀的玫瑰"，叶芝许多诗，都道尽了爱的酸楚艰难。他曾对一位朋友说："我所有的诗，都献给毛特·冈。""我做过尚且做得最好的事情，有多少不过是企图向她解释自己？如果她理解了，我倒会缺乏写作的理由。"

但叶芝在毛特·冈身上，只收获到满心沧桑。然而个人给予的爱，纵使不能从另一个人身上得到，但只要给出的是真爱，就会铭记在上帝的手心，于自己的心灵上获得极大收获。在毛特·冈的拒绝里，叶芝一生备受围困摧残，他也有过《切莫将心献尽》和《不要爱得太久》那样绝望消沉的诗，而他的可贵就在于，他会不断突破自己，不断追求道德的完善个人的提升，在美好、道德、信仰上寻求拯救之路。他最终超越了个人情感中渺小庸俗的部分，写下了"只有一个人爱你那朝圣者的灵魂，爱你衰老了的脸上痛苦的皱纹"这样千古不朽的诗句，写下了千帆过尽后"我在阳光下抖掉我的枝叶和花朵，现在我可以枯萎而进入真理"的超越与洞明。

1923 年，58 岁的叶芝"由于他那永远充满着灵感的诗，它们透过高度的艺术形式展现了整个民族的精神"，成为全世界荣获诺贝尔文学奖的第一位诗人，艾略特称赞他为"这个时代最伟大的诗人"，而爱尔兰人尊他为"爱尔兰的灵魂"和"爱尔兰文艺复兴"的领袖。

大诗人奥登在《悼念叶芝》中写道：疯狂的爱尔兰将你刺伤成诗，而你把诅咒变成了葡萄园。

或许，诅咒和苦恼都是神的祝福，只要你有本事打开它，你就能拿到上天的馈赠。而且，写作的能力从根本处讲，正起源于一个人对事物深厚宽广的爱的能力。也正是叶芝内心纯洁深邃的情感，让他没有放弃对爱毕生的追求与坚守，最终成就和引导了他的写作。一生里，叶芝不断挖掘洞见与觉悟的食粮，生产可以养活自己的光明与真理，也因此结出了可以供养人类的精神果实，从而为自己的爱赢回了博大的价值与尊严。

"桃姐"身上的人性光辉

《桃姐》看完了。它不像《战马》那样品质完美，也不像《碟中谍4》故事紧凑扣人心弦，以至于在电影院观看时我竟然出现走神现象。但《桃姐》依然有可取之处。

这部影片视角非常独特，它是一部呼吁关注老年人生存状态问题的电影。电影背景在香港，可就在香港这样的发达地区，养老院也被搁置在狭窄逼仄的楼群间。当拥挤的过道、有限的住宿条件，和那一张张布满沟壑、生存都难以自理的面容出现在眼前时，你就会觉得，生命在衰老时，不仅是被生命自身的脱落挤兑，而简直就是要被整个世界都挤兑出去。

《桃姐》以一个叫作桃姐的女佣和少主人罗杰之间的故事为主线，讲一个女佣衰老退休之日，和少主人一家之间那种互相关爱也懂得感恩的人间温情。影片中桃姐在罗杰家伺候了四代人，她收藏着自己背罗杰上街时用的背带，还有很多记载着这个家族历史的物品。没人知道是什么力量使得一个女人从13岁进门，60多年都那么尽心尽力照顾着这家人。

只有罗杰一次问桃姐，你是不是喜欢我爸爸啊。还有一次参加完罗杰电影首映式，桃姐说，你爸爸要可以看到，肯定会为你高兴的。罗杰说，他不会的，只有你会为我高兴。桃姐坚定地回答道：他一定会。关于一个曾经美丽而今衰老的女佣一生，电影再没有任何交代。你只能去猜，在那沉默的女人脸上，到底聚集了怎样的故事，而后都随着时间风消雨歇。

电影中间有些平淡，在我快被故事讲瞌睡时，一个小故事拉开序幕。

桃姐中风后生活不能自理，自己要求进养老院。养老院里有个叫阿坚的老男人，他性格开朗，第一次遇到桃姐便拉桃姐跳舞。并说，人要像他那样，去锻炼去跳舞去学英语，总之要活出活力。这个老男人一心想要为自己找个老伴，甚至想拉桃姐一起到深圳某家婚介所征婚。他经常见罗杰给桃姐钱，有次他居然买了一盒蛋挞，就借机向桃姐借走了三百块钱。

罗杰去探望桃姐，问桃姐是不是这人对她有意思。一个经历过太多岁月的女人，自然会把自己的内心保护得滴水不漏。罗杰没得到什么回答。有一次，这个阿坚又向罗杰借钱，之后罗杰便发现他跟一个浓妆艳抹的女人从发廊里走出来。等到阿坚再次向桃姐借钱时，罗杰挡住了，道："你借钱干什么，借钱又去找那些洗头妹吗？"

阿坚灰溜溜要走。桃姐叫住了他："别走别走，我有零钱！"

桃姐顺手问罗杰要钱，罗杰生气："你以为你是大款吗？"

桃姐道："让去找吧，让去找吧，还能找几次呢。"

在养老院那种生命一个一个离去，很多人逐渐在丧失人的吃饭功能、说话功能、走路功能等各种基本功能的环境下，突然听到这样一句话，你会觉得这么微小的声音，那么惊心有力！

如果这情节搁在任何一部外国电影中，可能都不让人惊奇。但同时，这样的情节外国导演也拍不出来，因为恐怕老外那十来岁的孩子，都能抱以相当开明和非常理解的态度。但在这部影片里，连罗杰这样已经中年的男子，也不会理解这个老男人的行为。反倒是桃姐一个女性，给出这样的一种态度。那或许是一个行将衰老的生命对另一个生命的怜悯理解，人可能在生命最后时刻，会贪恋生里的一切。但更为可能的是，桃姐不是理解了人性，而是因为太多人从小受到的教育是完全无法接受这些的。那只会是一生中无数阅历、事件、遭遇的冲蚀，将一个女人的内心冲蚀得越来越博大，越来越悲悯，使得她最终理解了爱就是能够不仅去爱对方的好，更是含泪包容接纳对方身上甚至算不得好的部分。尽管这种爱就像一种无奈可怜，或更像一种心酸。你所爱的人往往就那么有限，就是无法超越身之为人的另一面。

电影最后，老男人阿坚又向别人去借钱，他先说借二百，再说，一百，最后是五十，三十，整个养老院里也没有人肯借给他一分了。

最后一个他所央求借钱的那个男人，比他更加苍老，坐在轮椅上对他毫不理睬，而是突然大声读起李商隐那首《无题》：

相见时难别亦难，东风无力百花残。

春蚕到死丝方尽，蜡炬成灰泪始干。

晓镜但愁云鬓改，夜吟应觉月光寒。

蓬山此去无多路，青鸟殷勤为探看。

这熟悉得几乎就要被榨干意思的诗句，在这个情节里一下子活了，使每个人内心的情感突然变得莫测深邃。电影在此时，镜头迅速拉回到一座老屋外的枯藤上。刹那间，那架藤从青到黄，到叶子迅速落光。

罗杰在桃姐的追悼会上发言，他说，桃姐到我们家这么久，是上天的一种恩赐。

台下，那个叫阿坚的老男人捧着一束白色玫瑰，低垂着头，神色悲恓地推门进来。

教堂外，大地又一次铺展开她无限辽阔宽广的胸怀，罗杰为桃姐生病做手术祈祷时说过的一句话不断在上空回旋：

"人生最美好的东西都是从苦难中淘得的。我们经历磨难，就是为了更好地安慰他人。"

《搜索》，搜不到的信任

一直认为，《霸王别姬》是中国电影的扛鼎之作。但成名作后，陈凯歌就没了超常发挥。最新上演的电影《搜索》，却无疑证明，陈凯歌依然是中国最好的导演。

能找到这个剧本，陈凯歌很有眼光。扣人心弦的故事让时间仿若消失，让人只是跟着情节走动。中间职场计谋、媒体炒作、网络搜索等部分，精彩得让观众眼花缭乱，但又仿佛发生在身边一样亲切真实。

故事分三层。第一层，白领叶蓝秋坐公交车没给老人让座，被群体攻击。这一幕被电视台一实习记者拍下，播出后叶蓝秋遭到网络人肉搜索；第二层，叶蓝秋不让座的真实情况，是她刚从医院出来，查出淋巴癌晚期。当她向老板沈流舒哭诉要钱时，沈流舒太太莫小渝推门进来，看见哭泣的叶蓝秋靠在丈夫肩上，产生误会；第三层，叶蓝秋为遭到攻击去电视台承认错误，认识了播出这次事件的记者陈若兮的男友杨守城。故事就这样搅开了。莫小渝嫉妒"小三"亲自给电视台打电话，沈流舒准备收拾陈若兮，失业的杨守城被将死的叶蓝秋雇去当保镖。矛盾越来越激化，问题越来越深入，最后结局非常凄惨，叶蓝秋跳楼自杀，杨守城爱上了死去的叶蓝秋，和陈若兮分手，沈流舒夫妻离婚，陈若兮因受贿失业。

这部电影名为《搜索》，据说意即在反思网络上的骂战，思考网络骂战，反思人肉搜索等对人隐私权的侵犯。但我觉得，这部电影更多追溯的还是信仰缺失。搜索在这部电影里无处不在。人们据一面之词，就开始把一切脏水倒向叶蓝秋，利用网络搜索叶蓝秋的一切讯息；作为妻子的莫小渝"搜索"着丈夫的情感真相，作为丈夫的沈流舒何尝不在查着妻子的手机短信。没有信任，所以，要依靠"搜索"来寻找和证实。然而一搜索，怀疑却把一切全毁了。

没有信任，只有怀疑。但怀疑是最坏的事物。在知识面前怀疑精神也许有用，在一个人的幸福面前，怀疑永远是败坏生活的第一杀手。没有信任就没有幸福。而信任来自什么？信仰。眼睛看到的未必就是真实，就是看到了"真实"，真实之下可能还有另一层真实。比如看着叶蓝秋不让座，群起而攻之，谁能料想那一天她刚从医院出来，正是心情不好？莫小渝一直把叶蓝秋当作"小三"，但她丈夫和叶蓝秋还真清清白白。陈若兮以为自己在做一件维护道德的事，结果她却成为间接逼死叶蓝秋的罪魁祸首。

世事纷纭变幻，置身其中，常可以体会到一句话：人的心，海底针；画人画虎难画心。谁可把握或了解一个人？每个人表面看着就像五官一样简单清晰，但深入内心，就知道每个人都是一个宇宙一座迷宫，谁都不了解谁。那么一个人，靠什么和人相处？唯有信仰。因为每一次的怀疑都把人与人推远，每一次的信任都使人心结合。诚然世界是万分复杂的，但一个人依然可以活得简单。因为倘若投入复杂，就跌入万劫不复。唯有简单才可上岸。甚至，即使面对的人事复杂难测，你依然可以怀着一颗简单的心，用坚守去等待去相信，去唤起对方内心的美好。如果非要以恶制恶，以暴制暴，最终得到的只能是分道扬镳。因为无论人心何其复杂，但就像所有河流都终将在海底着陆一样，所有的人都在最美好的地方相遇。那个地方就是上帝所在的地方。就是一个人的柔弱良善宽容信任被唤起的时候。那是人心亘古不变的河床。如果连这点都看不到看不懂，就如同王尔德说罗比的话一样，真是太不懂人性了。

电影中陈若兮和莫小渝见面后，醉酒回家说了一句话："有钱有什么用？有钱买不到爱。有爱有什么用？有爱买不到房。"这话道出了现代人真实的困境，也说明了，人类永远在得到与得不到中踌躇。得到了无聊，得不到痛苦，这不禁让人质疑人类之爱的真实性。真是爱吗，是爱的事物会消失吗？不，人类的爱多如游戏，而真爱是心灵底流永远不变的存在。它既不是别人给我们的，也不是我们给别人的。它永远都在人的内心，只等着被唤起，被发觉，被看见。我们感激一些人，也因为有人带我们掘到了那股生命之源。那种叫真爱的东西找到了，信仰也就找到了。信仰找到了，我们就可以更大程度给予信任。因此无论世事如何变化，你都要永远坚持坚守美好，并相信，人类只有在那些最美好的品质前才能够团聚。

唯有信任才有幸福。不见而信是有福的，但其实是，只要信任就能看见，人会因信任，看见从前看不到的光明、未来和希望。这就是看完这部《搜索》，我所想到的。

人的最好榜样——歌德

前言：提笔写歌德，心生深深愧疚。陡然觉得人像有眼无珠的瞎子，根本不具备认识事物的能力。或者说，何时认识之光会照穿人，也由上帝说了算。知道歌德二十多年，但我真认识歌德吗？对歌德的认识过程让我想起里尔克的话："我们身边的许多事物，在向我们要求新的发现。"——也就是说，人并没有真正认识周围很多习以为常的事物，事物于是要求一遍遍重新被认识。所以让我更谦逊吧，我那么有限无知，还惯于以知道自居——这话，真是为从前的无知羞愧。

如果天才是一株奇异的花，朝开夕落，那么大师就是在忍耐中成长，能于季节中不断开花结果的树。古今锐利气盛的天才多，但厚实全能的大师却少，毫无疑问，歌德是位真正的大师。

在 83 年生命历程中，歌德不仅在地质、生物、解剖、物理、天文学上有重要研究与发现，从政，对文化、经济、交通、戏剧也都有过重要贡献。歌德一生还画了上千幅画，写过四千余首诗、各种喜剧六七十种、小说几十部，还有大量自传文艺评论。他的《歌德全集》让歌德研究者编辑整理了 30 年，共整理出 143 本书！歌德旺盛的精力以及在任何一个领域所做的一点小小发现，都够一个普通人努力一生，而他却拥有这无数的总和！

歌德一生酷爱自然科学。他从政，但对政治远不如对科学上心。法国七月革命消息传到魏玛，引起很大震动。那天歌德一见朋友就问："这个伟大的事件你怎么看？"朋友都以为他说的是法国大革命，后来才知道，歌德是指当时法国科学院关于脊椎动物是有四个原型还是只有一个原型的争辩。歌德很多次表现出——让我"安静地坚守在工作室里，细心地照料科学和文艺的圣火"，以使"和平来临时不至于缺少万不可缺的普罗米修斯之火"。晚年歌德对爱克曼说："如果没有在自然科学方面的辛勤努力，我就不会认识人的本来面目。在自然科学以外任何一个领域，一个人都不能像在自然科学那样仔细观察和思维，那样洞察感觉和知解力的错误以及人物性格的优缺点。"

的确，大自然会让人成为知道秘密的人。大自然对没能力了解它的人是鄙视的，对真实纯粹的人才屈服泄露秘密。自然对歌德揭开奥秘，使得歌德取得了科学文艺等很多方面的成就。歌德说："石头与植物把我跟人联系在一起了；每棵植物都向我宣示那些永恒的法则；最稀奇的形式也暗自保有原始的形象。"甚至，他这样阐述艺术和自然的关系："自然起始对谁揭开它的公开秘密，谁就感到一种不可抗拒的渴望，向往那最可贵的解释者——艺术。"歌德认为诗人在作品里所创造的世界也是公开和秘密并存的，好像成为"第二个自然"。歌德常把一件完美的艺术品称为"自然的作品""生动的高度组成的自然物"。正因为歌德把大自然当最要好的朋友，所以，他能在和植物朋友的交往中看到万物的蜕变——"死只是一个走向更高生命的过程。由于死而得到新生，抛却过去而展开将来"，他因此建立起的蜕变论正是达尔文进化论的先驱。

因为体会自然，歌德悟出"你若要为全体而欢喜，就必须在最小处见到全体"；"你若要迈入无限，就只有在有限中走向各方面"。因为观察自然，他总结出哲学："从个别现象找出普遍规律，又从普遍现象解释个别现象。特殊显示出一般，一般概括出特殊。"甚至，歌德从一呼一吸中都能领略出内外在关系，并写出蕴含美妙哲理的诗来：

> 在呼吸中有双重的恩惠，
> 把空气吸进来又呼出来。
> 呼进感到压迫，呼出就清爽；
> 生命是这样奇异地混合。
> 你感谢神，如果他压抑你；
> 感谢他，如果又把你放松。

歌德洞悉大自然，就像是自然的代言人，以至于海涅这样评价："歌德本身是自然的镜子。自然要知道它自己是什么样子，于是创造了歌德。自然的思想、意图，他都能给我们反映出来。"

歌德一生硕果累累，一年成就往往抵得上别人辛苦一生的努力，但在他丰富圆满的背后，隐藏着很多不为人知的精神斗争。歌德一生多恋，从17岁到74岁，他先后倾心十多位女子，但这些爱情却给他带来"整章整章的痛苦"。也因为歌德处境优越，自身才华横溢，喜欢歌德的女子很多，这导致世人都以为歌德感情随便。在歌德谈话录中，歌德对自己感情上的事有过一次提及。当时歌德任魏玛剧院总监，剧院中很多漂亮的女演员，也不乏各种原因对歌德投怀送抱者。但为了保持自己的威信和待人处事的公允，歌德一直很注意与她们保持足够距离。这些话也证明，歌德一生虽然多恋，但也都是确实对对方产生了爱情。

可即使如此，爱情带给人的，往往也是失望多于满足，痛苦多于欢乐。聪明的歌德既知，又为何一生追求？在《亲和力》里他写道："爱不以人的主观意志为转移，爱就是命运。"因为爱使命运无力逃脱，在痛苦之时他感到了"神让我说，我苦恼什么"。于是在对爱情的反思中，歌德给世人留下大量优秀作品，因而他所遭受的灵魂暗夜也比常人多。据说写《少年维特的烦恼》前，歌德正经历平生第一次割舍："当时我的床边上总摆着一把精致锋利的小刀，每晚熄灯前都要拿起它对着自己的胸口，想试一试能否把刀尖刺几公分进去。可是这个尝试一直没能成功，于是，我决定活下去。"歌德把感情化作"诗的忏悔"。他一生都这样，"我染上了一种终生不曾抛弃的癖好，就是把使我快乐和痛苦抑或是激动的事情化作一幅画、一首诗，以此了结过去，纠正自己对外界事物的想法，从而获得内心的平静。生性使然，我常常容易从一个极端跳到另一个极端，所以更加迫切地需要这种能力。我的所有作品，都不过是一篇巨大自白的一个个片段。"所以，冯至曾经说，"一部按时间顺序编排的歌德诗选，就是歌德的一部生活史"。

1823年是歌德一生最苦难的一年。这一年二月歌德先得了一场严重的心囊炎，感到死亡就在角落窥伺着他。病后在玛丽浴场，他遇到十九岁的少女乌尔里克并爱上她。当时歌德已经七十四岁，他向对方求婚，当然只遭到拒绝嘲讽。但这次短暂的爱情却让歌德获得新鲜生命，他写出了不朽的《玛丽浴场哀歌》。他在诗里写道，"把我内心最好的东西随身带走了"，可又再次体会到，美的死亡和爱的消失带来的却不全是空虚和消沉。歌德完成了一次困难却仿佛得到天启的割舍，他克制住最大绝望，并用生命最后十年完成了一生最精彩具有总结性的作品——《浮士德》第二部和《威廉·麦斯特的求学时代》。而在这最后十年里，命运还先后带走了歌德的妻子儿子和所有朋友，但歌德却没在比死更深的孤独中倒下，而让这最后十年成为一生的创作巅峰！

冯至先生说歌德对他的影响有三：肯定精神，蜕变论，思与行的结合。这也正是歌德一生伟大成就的思想精髓。歌德是那种把思与行结合得极好的人。他一生努力向外发展，担任行政工作，观察自然界万象，与同时代的人广泛交往，但又经常感到有断念于外界事物、返回内心世界的需要。他从外界吸收营养积累经验，随即在内心把营养和经验化为己有。他观察到生活的呼和吸正是向外和向内的必然规律。在《威廉·麦斯特的求学时代》里歌德再次提到"思与行，行与思，这是一切智慧的总和。从来就被承认，从来就被练习，并不为每个人所领悟。二者必须像呼吸那样在生活里永远继续着往复活动；正如问与答二者不能缺一。谁若把人的理智神秘地在每个初生者的耳边所说的话作成法则，即验思于行，验行于思，这人就不能迷惑。若是他迷惑了，他就会不久又找到正路"。

歌德一生从不逃避，他认为——"没有一件事逃避他，正如他不能逃避任何一件事。在最小的行为里都与最大的事物关联"。他的触须深深伸向整个生活，对外在都是接纳。即使当他已经名满天下时，也非常觉知谦逊地说："一般来说，我们身上有什么真正的好东西呢？无非是一种要把外部资源吸收进来，为自己的高尚目的服务的能力和志愿！我有什么真正要归功于自己呢？我只不过有一种能力和志愿，去看去听，去区分和选择，用自己的心智灌注生命于所见所闻，然后以适当的技巧把它再现出来，如此而已。我不应该把我的作品全归功于自己的智慧，我应归功于我以外的向我提供素材的成千上万的事情和人物。"歌德甚至对古希腊"认识你自己"的理论提出怀疑。他认为这是祭师们的诡计，因为"人只在他认识世界时才认识自己，他只在自己身内遇见这个世界，只有在这个世界内遇到自己"。紧接着他说出那句常被引用的名言——"每个新的对象都在我们身内启发一个新的器官"——从这些理论中，我们可以感到歌德是何等的博纳兼容。

歌德蜕变论中包含的忍耐断念，是他一生制胜的法宝。虽然歌德为政治所困，为情感所困，但歌德的思想转向非常快。他每次都能使生命的船只稳稳摇出险滩。在最深刻的绝望后，歌德总对生活采取积极的态度，并把断念工作当作一种义务和责任。虽然感情一次次坠谷，但他能看到"情感多么丰富，自制就需要多么坚强"，并把这看成人的新生蛇的蜕皮，坚信有一种更高的自由更美好的情感在前面等他。1782年的信里歌德也这么说："人有许多层皮要蜕去，直到他有几分把握他自己世界上的事物为止。你经验很多，愿你能够遇到一个休息地点，得到一个工作范围。我能确实告诉你说，我在幸福中间是在不住的断念里生活着。我天天在一切的努力和工作时，只看见那不是我的意志，却是一个更高的力的意志，这个力的思想并不是我的思想。"

> 你应该割舍，应该割舍！
> 这是永久的歌声，
> 在人们的耳边作响。
> 它在我们整整一生，
> 时时都向我们歌唱。

断念、割舍，这些词不管字面意义有多悲凉，但在歌德的文字中总充满积极意义。从某种意义上讲，割舍正出于对"永久的歌声"的回应，对一种永久召唤的回答。因为丰饶的生命背面，如果没有这种"限制"，必定会带来毁灭性的结果。正如歌德所说，"如果我任性下去，恐怕要粉碎一切"。

冯至先生晚年最终放弃里尔克，最后走向歌德，就是看重歌德内心功力之强。冯至曾说："歌德这种孜孜不息的努力，是建筑在内心里不断克制的功夫上边的。""歌德每逢对自己克制一次，便走入一个新的境界，得到一个新的发展。每逢一次重病都带来一次新的健康，每逢一次痛苦的爱都赢得一种新的粮食。直到老年，人们都看不出他的生命有些衰谢和颓唐。"作为狂飙运动的杰出代表歌德，从一个不羁的、反抗压迫、崇尚自由、用热情支配一切的人，变成一个同时具有比热情更可宝贵的事物——"责任"的人，一个克制的人，这种转变与战胜自我的过程，正是歌德的可贵所在。《威廉·麦斯特的求学时代》还有一个标题叫《断念者》，更可见歌德对此的看重。

歌德一生活了83岁，经历了一个生命所有该遇到的一切，也明白洞悉人生各种智慧。他在《浮士德》中道出了很多深刻的人生洞见："上帝之所以会和魔鬼赌，是因为他知道，人在努力的时间内，总不免要走些迷途。"同时上帝又确信：一个善人在他阴暗的冲动中，总会意识到正当的道路。上帝把人交给魔鬼，是认为：人的努力能力太容易衰弱，他太喜欢无条件休息。所以上帝愿意给人一个伴侣，用他刺激他，以魔鬼的身份工作。代表"恶"与否定精神的魔鬼并不是一无是处，它随时都起着刺激"善"更为积极努力的作用。歌德借助魔鬼的口为魔鬼所下的定义，也证明了他的思想超出了宗教的局限——"我是那力量的一部分，它永远愿望恶而永远创造了善"。

歌德在《浮士德》最后对情感做出总结："人生种种无常，无非是个比方；永恒的女性，带领我们向上。"歌德找到人生的正道是"谁要伟大，必须聚精会神，在闲置中才能显出来身手，只有法则能给我们自由"。并借助天使之口，说出了人类自救就是"自强不息"。

浮士德曾说："我要探究窥伺事物的核心，我想得到关于整个存在的知识。我因此牺牲了我灵魂的幸福，甘愿为一个时间极短的理解永受天罚。"

浮士德的愿望就是歌德的愿望。歌德一生内外兼得无数，他一生所遭遇的精神苦难其实大过我们绝大多数人。只是他的智慧让他安居在人命定的黑暗里，去超越并把它在艺术中升华。他和席勒提出审美教育来完善人性，他居住的魏玛成为德国文化圣地，很多名人都曾慕名旅居魏玛。恩格斯称歌德在自己的领域是"真正的奥林帕斯山上的宙斯"，是"最伟大的德国人"。歌德的《威廉·麦斯特的求学时代》被称为"诗的精神真实的总督"。《浮士德》被海涅称为"德国世俗的《圣经》"，被普希金称为"现代生活的《伊利亚特》"，甚至被称为"现代诗歌的王冠，欧洲文艺复兴以来 300 年历史的总结"。伟大的诗人艾略特称赞歌德是历史上"最伟大的三个欧洲人之一"。

歌德一生，真正实现了一个人从有限向无限，向一个大人活去。他的一生很多细节都可堪琢磨和学习，他能给这尘世中任何一个走向他的人以真正的榜样与启示。

才子周云蓬

桌上放着周云蓬的《春天责备》，朋友送的。有周云蓬闭着眼，想象一般描出的签名"云"字，横斜竖曲，像几根枝条简陋搭架在一起。

某天随意打开见一段文字："冬天很冷，小屋里还没有生暖气。一只蚊子从我耳边飞过，我想，这家伙一定在哪里搞了一件军大衣，要不怎么那么耐冻。"忍不住笑了。这人的感觉好有趣啊，我喜欢有想象力的文字。

书断续翻读着，一些美妙的诗句就浮出来。不能说周云蓬的每首诗我都喜欢，但他的文字有很能打动人的东西，就像小河评价他的音乐时说："他作品里有一种真实，你能听到每个和弦都是他想出来的，所有的过门都是出于最真实的感觉创造出来，而不是他有一个模式，或者他学习了什么模仿出来的。"

周云蓬的第一首诗《春天责备》开头就引人注目：

春天

责备上路的人

所有的芙蓉花儿和紫云英

雪白的马齿咀嚼青草

星星在黑暗中咀嚼亡魂

"雪白的马齿咀嚼青草 / 星星在黑暗中咀嚼亡魂。"这一句怎么品味都觉得好，把色彩感一下子写出来，而且"星星在黑暗中咀嚼亡魂"，这话怎么想得出来啊？可当读到"咳，疯子 / 你指挥着交通 / 道路急得都快要坐起来了 / 有人躺在车轮下写着自己的讣告"，疯子指挥着交通，道路急得要坐起来，道路竟然着急得以至于能坐起来？他怎么可以这么轻易就想出这等高明的句子？就像在森林中走着，一只躺椅倒了，他想坐上去，从这边一压，靠背就从地上弹起来，给他自若自得地靠上坐定。而我等就没这本事，因为，我和众人一样平庸，根本没能力看出枯叶下居然还有个倒地的椅子，更看不见语言这端被压动时，那头可以翘起的无限可能与奇妙波澜！

只好把一些自己没能力写出那份感觉的句子，像儿时收集合欢纤柔细密的花瓣一样，整理出来一瓣瓣把玩欣赏："丢一样东西 / 身体就多了一个洞 / 冬天新鲜的空气和着月光 / 透进来 / 再丢一样东西 / 小洞便成了大洞 / 有陌生的鸟在里面做窝"；"雨，本身没有味道 / 雨点噗噗击打干燥的尘土 / 说起她的家乡话"；"想不起某人的姓名了 / 那种向后掏的滋味 / 让人彻夜难眠 / 也将想不起你的名字 / 只留下一个缺口 / 裸露的神经 / 吹着风 / 疼痛会变旧 / 长出老茧 / 盖上土 / 无情无义"；"这不是虚构的诗 / 这是明天的行动 / 坐公共汽车 / 坐长途汽车住旅店打听路人 / 像一把刀出鞘 / 嗖的一下 / 砍翻整个现实生活"；"爱上一个人 / 就意味着留下来 / 被一棵树从身后抱住 / 任凭道路奔流人群里去 / 那绳子将我们圈起 / 漫不经

心地捆绑勒紧 / 凸显出天真的骨头 / 切入世界 / 刀和伤口 / 一起大声 / 喊对方的名字"；"死亡 / 变成一个安静的淑女 / 翻着书 / 坐在我们中间"。

　　这些摘出的句子脱离语境多少有点缩水，那么就把喜欢的一首诗《没有》贴在这里：

　　　　　一个安静的像没有一样的姑娘

　　　　　坐在我的屋子里

　　　　　她呼吸如夜晚的草木

　　　　　她一辈子只说一句话

　　　　　我们结婚

　　　　　她不买衣裳

　　　　　不看新闻联播

　　　　　像没有一样的纯粹

　　　　　她而且

　　　　　没有一个怨毒的母亲

　　　　　不会因爱我而受到诅咒

　　　　　夜里

　　　　　她像没有一样静静地躺在我旁边

　　　　　她拥抱我

　　　　　仿佛悲伤的人

　　　　　触摸往事

　　　　　她像没有一样地给我唱歌

　　　　　全人类都不说话也无法听到

　　　　　她像没有一样无声地啜泣

仿佛用镊子一根根拔我的汗毛

但有那么一天
她像没有一样地死了
我觉得自己
从来没有过的绝望多余颓丧虚无
失去了高度和长度
周围
密密麻麻的数字大声数数
剩下我一个
比没有还少

　　周云蓬做诗人是副业，歌手才是主业。他歌声打动人的地方，大概还是因为这份真。今天读完他的书才来网上搜集他的歌听。头一次听，搜到了两首，对着歌词听了两遍，眼眶里一股情绪就要奔涌出来。一直以为，艺术这种没有多少现实功用的东西之所以生生不息的原因，就在于它存留着滋养人心的泉水。现实的咒法把人和人屏蔽遮挡分隔开了，但通过艺术这种挂在墙上写在字里唱在心头的东西，人和人心灵里封闭的死水才找到可以流动的隐秘河道。所以，不说真话，不逼近内心每一个最真切的感受，我不知道何必要艺术存在。而周云蓬在黑暗中那么好地表达了他的感触，这感触就成了一种集体的光明集体的河床，供我们某一刻心灵得以流动。

　　《不会说话的爱情》是一首周云蓬写给逝去爱情的，歌词写得可圈可点：

　　绣花绣的累了吧，牛羊也下山喽

我们烧自己的房子和身体生起火来
解开你的红肚带，洒一床雪花白
普天下所有的水，都在你眼中荡开
没有窗亮着灯，没有人在途中
我们的木床唱起歌儿，说幸福它走了

我最亲爱的妹呀，我最亲爱的姐呀
我最可怜的皇后，我屋旁的小白菜
日子快到头了，果子也熟透了
我们最后一次收割对方，从此仇深似海

你去你的未来，我去我的未来
我们只能在彼此的梦境里，虚幻的徘徊
徘徊在你的未来，徘徊在我的未来
徘徊在水里火里汤里，冒着热气期待
期待更美的人到来，期待更好的人到来
期待我们的灵魂附体，重新回来
重新回来，重新回来

　　"普天下所有的水，都在你眼中荡开""我们最后一次收割对方，从此仇深似海"，在当代那些名诗人的诗句里，恐怕都找不到这么好的句子吧？还有那句"我最可怜的皇后，我屋旁的小白菜"，那么清清淡淡，就把贫穷的现状描绘出来。带着旋律听比诗还美的歌词，带着哀伤和周云蓬一起唱"你去你的未来，我去我的未来，我们只能在彼此的梦境里，虚幻的徘徊""期待更美的人到来，期待更好的人到来，期待我们的灵魂附体，重新回来"，心仿佛和歌者一起，被钉在怅惘哀伤的气团里。

周云蓬写圆明园，写后村、宋村，他笔下那些穷得只剩下梦想的理想主义者们的可爱行为，读得我多次捧腹大笑。但我更喜欢的还是周云蓬非常敏锐的觉察力进入文字后，文字所散发出来的奇妙。他写自己夜晚在北京上最简陋的公共厕所都写得诗意盎然："我刚蹲下，又来了一个人。他仿佛怕惊动了厕所中的黑暗，在门前迟疑了片刻，然后哧地划燃火柴，黑暗被扯动了一下，我听见初恋时代的薇薇猫一样'喵喵'地说着含混暧昧的誓言，然后用它蓝莹莹的爪子抓我，一道道暗红色的血印，在十七岁的某个夜晚一闪一闪的，像遥远的灯塔"；"早晨，煮稀饭的咕咕声，像个老实人在打呼噜，像一个懒和尚在念经，那是对今生和来世的赞颂与肯定"；"宁静是什么？是全人类都在你耳旁耳语，好像夜里床下有只蟋蟀"；"蛇只能看见运动着的东西，狗的世界是黑白的，蜻蜓的眼睛里有一千个太阳。很多深海里的鱼，眼睛退化成了两个白点。能看见什么，不能看见什么，那是我们的宿命。我热爱自己的命运，她跟我最亲，她是专为我开、专为我关的独一无二的门"；"我喜欢爵士乐，在不和谐和不稳定的音节上跟跄舞蹈，仿佛沿着无限不循环小数跑向终极"。这些非常让人来感觉的文字，是一个盲人独对黑漆漆的世界，为自己用触觉、用想象与声音打开的一扇我们这些正常人很难打开的门。难怪老子说五色令人盲，难怪赫拉克利特要刺瞎双眼说看这个世界没有用处，难怪《小王子》里说，真正的美用眼睛是看不见的。他们知道虚幻的世界下有另一重世界，他们都想排除干扰，睁开另一种心灵之眼！

周云蓬没几篇评论性的文字，因为他读书有时都要依靠别人的朗读。但我在他的书里读了一段他对胡兰成的评论文字，却很是击中要害。他说："胡兰成的文字可以说是花团锦簇，但缺少风骨，所以沦为花拳绣腿。胡的恃才傲物多流于表皮，骨子里是一个滑不留手的白相人。永远有理，永远能苟活，所有的惨痛最后都能变成'亦是好的'。人心和才气是水乳交融的，在他春花烂漫的文字里，是矫情与伪饰。所有他经历的女子，都是供把玩的，所有的政治风云人物，都是供意淫的，我觉得中国文化的糟粕在他这里体现无遗，永远都能找到退路。中国文化中古有苏东坡近有郁达夫，他们爱论国事爱美人，对之他们都有见性情见性命的付出。所以他们的文字是直见性命的，而胡兰成不是这样。"

"音乐不在空中，它在泥土里，在蚂蚁的隔壁，在蜗牛的对门，当我们无路可走之时，当我们说不出话时，音乐，愿你降临。"周云蓬这段话里的音乐，我想把它置换成一切艺术。当我们说不出话找不见路时，文字、绘画、音乐，一切艺术，愿你降临，像一根绳索一样，拉我们向上，让我们望见出路，得到抚慰和拯救。

这可能也是一切艺术存在的真正意义吧。

史铁生，我心中的英雄

第一次知道史铁生，是在高中课本看到那篇《我与地坛》。我当时懒散地靠在床头翻弟弟的书，读着读着，就把枕头放正坐起来。再读一会儿，关了门开了灯，坐的姿势越发端正。等读到那段"她没看见我时我已经看见她了，待我看见她也看见我了，我就不去看她"，心渐渐起伏起来。人类的感情必得常常如此吗？在那个叛逆的男孩子身上，我仿佛读出了年少的自己。而读到"有一年，十月的风又翻动起安详的落叶，我在园中读书，听见两个散步的老人说：没想到这园子有这么大。我放下书，想，这么大一座园子，要在其中找到她的儿子，母亲走过了多少焦灼的路。多年来我头一次意识到，这园中不单是处处都有过我的车辙，有过我的车辙的地方也都有过母亲的脚印"，我也放下了手中的书，眼泪吧嗒、吧嗒落下来。

当然，打动我的不止这些，还有这篇文字对命运与死亡深深的思考。后来，慢慢地，就搜罗所有史铁生写的书。从《我遥远的清平湾》到《务虚笔记》，从《病隙碎笔》到《我的丁一之旅》，从《灵魂的事》到

《扶轮问路》，读他的文字，以前很多捉摸不透的事，都在他的笔下有了答案。他那一本本被我用笔画满横线的书，伴随我度过了无数个黄昏深夜。多少个夜深人静灵魂焦躁到无法安睡的时候，我把史铁生的书从柜子里抓出来，像药一样大口地往胃里吞食。很长一段时间里，史铁生是这个世界上唯一对着我的心底诚实说话的人。别人的书也许可以在平静的时候享受着读、消遣着读，可感到深深的痛苦时，就觉得那种文字的肤浅，以及对自己的无能为力。但史铁生的一句话，可以使我的心一连几天都充满光明。

史铁生的文字，发音位置往往很低，像从胸腔的最深处出来，紧贴着心脏。他不像有些人的文字过于喧闹，过于大声，过于指手画脚，他只是低低地自言自语，低得你不仔细听，不全身心地去听，都听不到病中的他在说什么。可是你听到了，就如雷贯耳。

我不仅是个书迷，也是一个歌迷。可我从来都不追星。演唱会看了无数次，和很多歌星近在咫尺，但在最狂热的年纪里我也从没有找过他们签名。即便是刘若英，她一句"天空越蔚蓝，就越觉得孤单"，在深夜里把我的眼泪一下子叫了满脸，但当她从我的眼前走过，我也没有动一动。可我独独追过史铁生。我曾托了几个老师，转交给了史铁生先生一封信。信里感谢了他的书对我这些年以来心灵的鼓励和支持，并告诉他，有他存在，就像有一种不倒的精神在，一个可以仰望的英雄在，希望他知道有无数的人像我这么喜欢他时，能够获得一种战胜病魔的勇气。不久，我收到他赠送的一本人民文学出版社出版的《史铁生散文集》。我看到了他的问候和感谢，也看到了他的字，他的字就像他的文字一样，没有一丝的缠缠绊绊，一笔一画都是横端竖直，遒劲有力。

我一直梦想着于某一天能看到他轮椅上的笑。我想，只要看见那受苦的心上还有那么灿烂而单纯的笑容，我的泪水马上会为他涌出来。他是我心里的英雄，我很少这样称呼人，觉得这顶帽子给谁戴都大，可总觉得戴给他，却恰恰合适。

其实，史铁生死与不死，已经无关紧要了。在很多人心里，他已经无法死去，永远地存活了。20世纪80年代已经名震文坛的韩少功这么评价《我与地坛》：今年哪怕只有这一篇文章，文坛也是个丰年。写过《黑骏马》《北方的河》《金牧场》的名作家张承志在受奖时说：今天我有幸同史铁生站在领奖台上，有幸在他领奖的途中推了他一下。著名作家王安忆用她写过《长恨歌》的手，一针一线为史铁生织了一件毛衣。作家陈村为了史铁生摆脱经济的困窘四处奔走，而不顾自己的残疾。而且，有无数网友甚至呼唤：史铁生先生去世了，希望葬于地坛。因为无数读者知道地坛，都与地坛的历史无关，而与史铁生有关。

人的一生得如此诚挚热爱，夫复何求？我想，那么多热爱史铁生的作家和读者，他们喜欢史铁生的很重要的原因是：每当痛苦带着人向下坠落的时候，我们都看见了史铁生先生。他被压迫到痛苦的最底端。但是，他却用他那病弱的身体承受着，微笑着对我们说：向上看，人的心可以飞得很高很高，人的灵魂可以飞到云层之外。每当我们听见了，就羞愧地觉察到，我们的那点苦，跟他比起来，真是太矫情造作太微不足道了。而我们这些健康的人的精神，跟他比起来，却非常卑微非常苍白。于是，就在他的文字前，我们一下子从痛苦中振作了起来。

第二辑　思湖泛波

爱是给予对方所需
——电影《雨中的请求》观后感

　　这部电影的主题也许不是我所探讨的这个，但这部电影最受益的却是让我再次想起这些。

　　生命到底是谁的？伟大的魔术师伊森在一次意外中受伤，从此十四年与病床为伴。尽管乐观的他写了一本自传，又创办了一档电台节目，鼓励了无数残疾人，但他却想申请安乐死。他的听众不同意，他的护工医生朋友都不能理解，印度法律更是不允许。他遭到一致反对。但当那些被他鼓励需要他的精神存在的人把理由说出来时，我立刻觉得我们都是伊森，我们被所有人的需要、爱与期待绑架着，而没有人问过尊重过你到底需要什么。甚至人们往往会说，生命不是自己的，我们属于这个群体。我曾经无数次想起那个网眼，觉得人人都是那个网眼，可生命所承受内心真实的黑暗与痛又是无人可以承担替代的，这时你就感到，生命并非空到只是关系中的一个网眼，如果要活下去，在真实的内心你拥有一艘只能由你驾驭的生命船。

伊森再也不能入海远航了。蚊子咬他，雨水彻夜打湿他的衣服，他身体都不能动弹。但所有人都要求他留下。女护工苏菲亚爱他的乐观与内心，十四年如一日照顾他，她不允许他死。只有那个电台搭档听懂了他的话，为他四处奔走，寻求民众的理解法律的援助。苏菲亚因此和他大吵一架。在这个吵架里我们可以看出，对伊森感情至深的苏菲亚的爱里，也更多是自己的需要。她需要他的存在，需要她对他的爱。而伊森需要什么？他不需要总是被人照顾，不需要无法保护自己心爱的女人，不需要吃饭上厕所都要人伺候，不需要愤怒时都不能摔碎一只花瓶！

　　法庭上的对峙异常尖锐。因为那是人们价值观的抗衡。这点在生活里时有发生，有时你仅仅是表达自己，因为你的不同，不知怎么就让对方觉得被刺。而很多时候对方的话可能会让你有同样感受。这时候，人真需要放下自己的价值观，打开自己去感受对方的真实体验，这样生命才能被扩大。因为人和人的处境阅历成长甚至天性是那么不同，你必须能够放下一己之小，才能让内心和视野得到扩大。

　　而伊森的母亲、苏菲亚最后都做到了。在为儿子的请求辩护时，伊森母亲内心的痛苦与矛盾是那样感人肺腑。她爱他，爱到极致就是感到他的痛苦，尊重他的选择，就是结束他长达十几年的痛苦。在这里我们可以看到，尊重和爱的最高境界是什么。不是让儿子为你的难以承受买单，是看到你生下了孩子，这生命就是他自己的，这生命不是可以控制他的国家的集体的，也不是因为爱他就认为能够支配占有他的家庭与亲人的，而是他的！因为谁也不能担当半分对方真实的痛苦！因为人生很多体验都是在内心的，只有当事人知道！可看看生活中我们和亲人之间那笔糊涂账，全是没有界限不懂尊重。你把你的责任让对方扛，父母旁人认为人家家庭应该过怎么样的家庭生活才合理，种种种种，既不尊重自己也不尊重别人。当看到这部电影，感受到要死也是这个人的选择，也应该得到理解与尊重时，关于界限这块你就会理解得很清，关于爱是为你还是为对方，你就可以看得很清楚了。

爱是感受对方所需，是给对方需要的而不是你期望的。多少次我们蛮横地把我们认为的好强加于人，一句"为你好"就绑架了对方，也绑住了自己。而现在，当被侮辱的爱要层层洗清人们夹杂在它身上的私货时，人啊，是我们该来自省与检讨自己的时候了。

伊森的母亲死了，苏菲亚最后完成了从小爱到大爱的转换，尽管面临坐牢，她还是成全了爱人的心愿。影片最后一幕特别感人——朋友唱着跳着送伊森离去。那一幕让我想起史铁生先生说的"死亡是个节日"。对于有信仰的人来说，死亡何尝不是个节日？史铁生在他将死之时，唯一放心不下的是陈希米，至痛的感觉只要陈在身边就马上安宁下来。伊森也不忍刚刚嫁给自己的苏菲亚，尽管有爱，他还是想要寻求做人的尊严。所以他带着苦乐参半的人生笑着走了。而他留下的话值得思索："人生苦短，只要用心活，就足够漫长。打破规则，快速原谅，真心去爱，不要后悔是什么让你微笑。"其实，也没有什么需要原谅，诚如有人说，站在对方那个角度与限定之下，每个人都足够对对方好了。那么，就让我们活在当下，用心去爱吧。

神秘花园

雨下了四五天，水泥地都泛起一层淡淡绿苔。仔细看，发现这场"水灾"过去，留下很多昆虫的尸体。自然界对生死的淡漠与冷酷有时很令人诧异。或许人最不懂生死，才有那么多情的啼泣吧。用手心抚着灌木长出的新叶，心境却散发着说不出来的漠漠与寥落。

午后直射的阳光很热，草木间的湿气正往上蒸，仿佛能量跌到最低，然后又得走回去。这种循环在天空与大地间往复，也在我内心起落。从前总那么容易就被喜怒哀乐带走，而今这心，静到何等的寂寂寥寥，不忧也不惧，平静得吓人。和任何人都变得没有多余的话，只是得空就愿意走进这花园，沿着草木给的能量，向自己深心中游走。

近乎淡漠，几乎无情，也不关注外在，也不渴望更不回溯，就是想与被自己忽视了多少年的自己好好在一起。即使偶然会呈现心如枯灰，即使有时又是喜悦轻轻弥漫，即使片刻又是另一番滋味，但终于能够看着，不去批判，不再逃离，更不用书本去占据自己，也不想找个人打电话，说一堆此东彼西的理论，听一堆隔靴挠痒的好心。知道没有人比自己对自己的处境性情有更多了解，知道最终自己这艘船的去向平衡，掌舵者还是自己。知道谁也代替不了谁的成长，知道外寻之后的结果还是全然放弃。于是彻底回来，独对情绪的日出月落、心念的云舒云卷。

生活里，有人帮了自己的忙，该怎么感激还得去感激，有人没兑现承诺，也不去追问，因为知道都是空的，在空上累积空，一生所做的事无非如此，何必执着？有人需要帮助，就尽己所能；无人求助没有外在打扰时，就安然和自己在一起。笛卡尔说，"人最大的问题就是他不能独自在房间待着"。多数人寻找外物占据自己，寻找事干，需要找书看，需要电视消遣或者和人说话；而对我，我希望，或者已经在慢慢消失这些渴望。没人说话怎么样？什么也不干的空为何不能去面对？那不是空虚，而是内视，你会在那个空下来的时刻，看到躁动不已、莫名其妙、神经病般的自己。而面对它了解它，就可能降伏它，降伏了内在这个无名的毒龙，你就做得了自己的主人，你就不会被外境左右、外物带走。你还会去做尘世那些事，全因全然不同的视角，不再为任何东西所困。

明白从前就是因为自己依赖他人，在意评价，向外投射，与外在的关系总纠葛不断，才导致无数的起伏与颠簸。现在回来，稳稳回到自己，谁奈我何？知道一切都是梦，知道失去任何梦境也无须痛惜，唯一值钱和有价值的，就是洞见觉悟与视角。于是越发清明与知晓，越发明白真正的力量只能从自身生发。这不仅仅说的是事情，尤对人内心那心念的乱麻。逃避是逃避不掉的，必须了解、看清，必须明白表象以下的实相。从前一个人做件事不符合我的预期，老想：他凭什么这么做，他应该怎么怎么活到这个年纪，发觉这世上各式各样的人，如果自己有标准，几乎没一个人能合己意，才知道放下去接纳。而接纳不是一句空话，接纳不仅仅是说理解宽容别人，最大的接纳来自一种感激：他那么做，我何以难受，何以反应那么大？这世上一个人一种做事方式，我会遇到千奇百怪的，仅靠接纳理解，走得很慢。最快的就是我能意识到，我内心里哪个点被触动，为什么要对别人的做法、对外境起反应？如果我不反应，我的回应将更加客观理智，于事有补；否则就像把火烧得更大。

而这个不反应，来自我内在处理空间的建立与觉醒。假如我看到我的反应这些年在许多地方许多事情上就像神经病一样发生，假如我能看到我是多么自相矛盾，不成系统，还不断替自己圆其说，我就无暇顾及外在，我就知道必须了解我这个机器，我甚至懂得感谢每个情境里的人事挑起我的病灶，让我有机会看到、复原我自己。如果我真把每个人事当作自我成长的渠道与机会，无论别人如何，我根本不在意，却对一切心怀感激。然后，我越来越掉进我的内在了。外在的喧嚣再也听不到了，安静、祥和、喜悦成为我内在的光。我不再执着于任何人事，我把所有一视同仁，我的心像太阳一样，可以把光芒给任何需要温暖的人……

从前也总有特别在意的人事，分别心那么重。现在渐渐明白，太阳要是把所有光明只给一座山脉，山脉上必然树木死光，溪流蒸发，寸草不生。太阳的存在就像克里希穆提说的爱一样，它就在那里，不在于属于谁，它就像香气、热量，从自身往外生发，而不在于谁嗅到，谁取暖。可我们人的做法多么愚蠢。就得是某个人在烤，就得独独光照某个人，结果烤得人逃走，爱纷纷死掉。而此刻这满园草木多么美，它为谁存在啊？有人欣赏，它美；无人欣赏，它也散发美。美是种子的能量对生命自身的催生。一颗种子和另一颗种子催生出不一样的外形，一个眼睛和另一个眼睛有对这些美不同的取舍。可这些也和美无关，美就在那里，一直在那里，就看你何时天目一开，全然地看见嗅到。

我就在我的花园里每天这样走啊走，走到迷失。我知道它在我外面也在我里面。我总是恍惚地在这被展开的一角中阅读它又阅读自己，然后分不清我们谁是谁有何区别。仿佛这些草木不是长在地上，而是在我黑暗的皮肤内壁上延伸……

倾听自己的河流

雨下得，天安地静，那安静是万物散发出来的。一株株树木因为水酣腹饱，似乎将自己的绿意向外倒流，让空气都泛绿、雨水都泛绿、鸟鸣都泛绿。青石板也是绿的，踩着，觉得干涸在石板中不复存在，而宁静正从足下被踩出来。宁静就是这种知足和满意的状态吧。总之，这雨天，我觉得万物的满意让整个城市都难得地安静。我也安静，像一滴雨在城中飘来飘去。当然，一不小心，就飘到了草木间。

我对植物的感情简直难以形容。仿佛在任何一个人身上看到的美德，都没有我在一株草上看见得多。所以，我把窗台那几十株茉莉，当雪茄抽。实质上，我不抽烟。可当茉莉将她白色的花蕊向着我伸来时，我总不由得放下书，从床上蹦起来，亲亲她们，再亲亲她们。我亲她们的姿势多像抽一支雪茄啊，白色的烟纸，白色的烟叶，以及茉莉香的烟味。我抽一口，停一下。然后等茉莉从土里将香气又长高几寸，我又用嗅觉将她们收割。她们使我安静，无欲，美好，祥和。世界那么大，此刻我与一朵茉莉交流，就可以如此欢天喜地。我把一盆兰花搬到了楼梯口。

128

因为觉得她枝叶肥硕实在占地。但自此我就对这株亏欠的兰花有了浇水的义务。总是过一段时间就去看看她死了没，然后跟她说声对不起。尽管满屋子的花从来不用我浇，但自从我把她扔了，心里就很亏欠，好像她得到的关爱少了，我就必须定期记得这株花草，否则将良心大为不安。

中午休息时，我常一个人走进单位对面的公园。满楼道是人，大家也可以说话交流，但总没有那些花草让我愉悦。仿佛人与人之间，天然有着某种概念与认知的屏障，而自然对人是重返伊甸园的感觉。天地的变化、季节的更替、大自然的信息中，着实有着很多天然的真理。读着，看着，不仅眼睛、鼻子、整个身心被滋养，连思维都会在这里得到更新。别人用什么静心呢？打坐，观呼吸，心念？我也观呼吸与心念，但更多时候，我觉得一阵清风、几片流云，还有那些细细的水纹轻轻掠过，就能携带走脑海中的杂质。于是我老说，大自然有让人强行静心的功效。真的，只要你走进它，你的能量就被它悄悄置换，不知不觉变得欢快。如果更细致点，看看一只蜗牛、蚯蚓、蘑菇、开着小米粒黄花的枣树、山楂树、桂花、益母草、蜀葵、石蒜、石榴、核桃、银杏等在日子中的升腾降落，你会觉出天地是如此神秘，存在是何等美妙。它们用生长的方式歌唱。它们的多声部此起彼落，日月星辰般恒久。我经常站在那些银杏树、核桃树、杨树、白皮松、杏树、丁香树前，比较它们树皮的纹路。杏树皮像金子般发黄，仿佛是杏留在家中的小小拓片；白皮松的树皮可以写字，可一不小心，它们的胶就会粘住手和衣服；丁香的树皮就像五线谱一样弯曲又整齐，让我惊讶这种花的灵气与聪慧；银杏是时间的活化石啊，每次站在它面前，我都心生敬畏。我用手心久久触摸着树，感觉能量的互换，甚至闭着眼靠近它，祈祷它会按摩我疼痛的背。我发觉竟然总有效。我与树的交流甚至神奇到，如果我喜爱并与一株树如此互换过能量，每当走时，我总觉得那些树叶在枝头跟我摇摆招手，表达欢喜与高兴。当然你可以不信，但我觉得这是我与植物间的秘密。

走在林子间，偶然也杂念纷纭，思绪不断。看到自己的心像一碗水，总被外在打得失去平静；甚至当外境消失，还是受记忆的影响，时悲时喜。只是我渐渐知道不带观点地看自己，全然地接纳自己。有时感觉右肩上好像有一束目光，它会示意我向内观看。只要看着，我的能量就不会因对外在的关注而流失，甚至在它的提醒下，我能看到，我的能量是怎样源源不断地随着对外在的关注而流失啊。我心碗里的水不断外溅，现在这一看，水又回流，人又开始变得平静自足。我开始不再祈求别人的爱、帮助、关心，我知道那真正关键的部分必须我来承担解决。我开始慢慢提醒自己，不要想过去，每个瞬间都要清零，要让自己像张白纸一样，不带累积地迎接下一刻到达生命的人事；我也看到很多焦虑是因我对未到来之事的担忧与顾虑，虽然每天都在发生一些事，但很多事并没按照自己期望的时间、方式来临，于是就有了很多因无法掌控而产生的焦虑与忧患。现在我会静静暗示自己，一切都在上帝手心，一切都有时辰，一切都会按照自己的时间与上帝安排的方式来，而非我的期望。我的心愿与期望最不重要，事实是天理，它比我大。这里有一种必须读懂与看清的功课，我必须看穿它。于是，我看着回荡的思绪不再在过去与未来间摇摆，我看着因一次次觉知的提醒暗示，我变得越来越平静喜悦。我明白这幸福，是因为具有更大视野而得来的幸福，是对跋涉而来的心灵的奖赏。于是，我用那喜悦更深触摸遇到的植物，更宽容出离地看在生活里出没的人事。我不再像从前，总期望自己不让别人失望。现在我知道，人的认知与志趣差异何等之大，我投这个所好就满足不了那个；如果我能让所有人满意，那我肯定是个怪物，从古到今，还没出现过这样让所有人都满意的怪物或神。我就是我，假如我是绿豆，只能用来熬稀饭，那就让不爱喝稀饭的人走吧；假如有人聪明地可以把绿豆开发成绿豆饼，那我也要欢喜遇到这样的知己；而假如有人非要生吃还嫌崩了牙，与我何干啊，我还是一粒翠绿欢快的绿豆！

认识自己，活在当下，这让我渐渐很有效率。我不再是待在屋子想着远方，也不再祈求有某个救世主般的人可以帮我指点人生迷津。我知道我看不清，旁人也未必能看清我的生命在半年后将发生的事。我唯一可做的，就是安于此地此刻，想想，此刻最想做点什么，此时最合适做点什么。于是每个当下，我都有事可做；每个当下，我都欢喜充实。不再外求，我有那么多事要做，不再拼命读书，知道莫若读自己读生活读天地自然，于是，因为思维的变化，生活全然给我揭开了非同凡响的一页。当我写诗时，我觉得鸟鸣就像是鸟儿在听觉里的倒影，这倒影如此青绿柔软，让我活着都不知道该用什么虔诚的方式去涉渡。甚至觉得此刻的安静在雨天长得接天连地，云都落下来，成了安静之上的藤蔓。我活在人间啊，怎么觉得当用所有感官去接纳聆听存在，存在是如此辉煌璀璨，仿佛是降落在尘世上的天堂，只要心来个峰回路转，这巨大的美妙就清晰可见。

催促新生的熔炉

一

遥远处的城市明明和自己生活的城市连成一片，但在自己没有真实踩上去前，听名字，只似乎一个风姿绰约的单词。甚至从不同时间、不同地点进去，带着不一样的心境进去，这个单词都会给你闪烁出不一样的景致。以至于你怀疑，每一次进去，都像第一次，就像每一天，其实也是崭新的第一天。

之前几次来上海，都没有这次随着中国作家代表团进入上海的感觉美好。飞机降落之前，空中风卷云涌，车辆在微雨中穿行，空气清凉宜人。而徜徉在陕西南路那条风情里弄中，一家家店铺即使空间局促，也无不设计得精致用心，方感慨，单凭这种把一条巷子都要活成里弄，那种在心底把玩琢磨到极致的劲儿，自然不难理解上海这座城市，为何在中国的位置中能够这般独一无二了。

等一个拐弯，进了巨鹿路675号的上海作家协会，穿过爱神花园的潺潺流水，在别墅式的建筑中听王战教授讲上海的建设和成果，听历史，听经济，我于此有点隔层失聪的耳朵，竟然像被激活了，生出耳目一新的明亮感。等同济大学高才生谢震瑜讲自己如何成为百家养护工，并且看他在公路养护上都能取得那么多发明专利，又听来自地铁的姑娘熊熊自信地讲，马云只有一个，但充满爱的熊熊，可以有无数个，并体会她如何在自己平凡岗位上，帮助那些自闭症孩子，突然感到上海这座城市的饱满丰富，存在于其中的每个人从不同角度摊开，都在为这片天空堆绿增翠。

二

这一次采风主题是"见证新时代，书写新辉煌"，走访的皆是上海、江苏等发达地区在高科技和制造业领域的一些成果，所涉及也是我职业介入不到的领域。来之前，我正心事重重，孩子马上面临升学择业，作为母亲，我不知道提醒他选择自己可以望见的安全领域，还是让他随着自己的梦想，往看不见的地方探索，这件事居然在随团的采访中，让内心逐渐明晰。

第一天去中国科学院上海硅酸盐研究所采访，没步入其中时，我根本想象不来，硅酸盐研究所具体是研究什么的。等进去后，才发现硅酸盐研究所说的陶瓷，不是常人所想的那种锅碗瓢盆等陶瓷用品，家用煤气灶芯，听广播所用的传播导体，甚至潜艇航空等所用的特种材料，都是陶瓷研究领域。而关于晶体，也不是我们想象的冰糖、玻璃等晶体，体检等可透视的特种检查，甚至正负电子对撞机核心材料，医疗工业等高端探测领域，都依靠着晶体。从高性能陶瓷到人工晶体，从能源材料到生物材料，上海硅酸盐研究所，几乎包揽了无机非金属材料领域的所有重要方向。在结构陶瓷，功能陶瓷，人工晶体等方面，他们走在了世界的前列，自 2016 年以来，硅酸盐研究所研制出的 100 多个碳化硅光学部件，相继安装在"墨子号"、天宫二号、高分四等卫星、空间实验室上。

在参观中，讲解员指着那些看起来都一模一样，其价值用途却完全不同的闪烁晶体说，我们身边充盈着百分之八十五左右的暗物质。它们穿过我们或我们穿过它们，我们都浑然不知。闪烁晶体中的锗酸铋晶体，就是科学家探测捕捉暗物质的。有位作家遂问，暗物质中有鬼吗？作家的疑问，实质上是探问灵魂是否存在的。随行科学人员回答：不清楚，比如量子纠缠，现在也无法很好解释。他说宇宙从大爆炸而来，本身就是无中生有，将来可能再次归于无，不知是不是有个所谓上帝之手在操纵这一切，这一切还有待人们解开谜团。回来车上，忽然想起佛经中的一句话："一切众生。种种幻化。皆生如来圆觉妙心。犹如空花从空而有。幻花虽灭空性不坏。"突然想，也许宗教已经拿着人类出生入死寻找的答案等在山顶，并且看着科学文学等各种领域在山脚下艰难攀爬，步履蹒跚。

但这种探索依然是令人尊敬、极有意义的。在上海硅酸盐研究所，诞生过太多默默无闻又伟大无比的科学家，我们日常所用，国家科技的向前发展，很多次都仰仗于数辈人在这里经年累月用生命的竭力付出。那天坐在大屏幕前，看严东生先生的科学成就和家国情怀，有一刻我热泪盈眶。作为一个人，能像科学家这样心思单纯，埋头科研，用毕生心血造福人类，即使一生不为人所知，其生命也万分有价值了。

三

其实，不仅仅是真实的土地，在你没踩上去，于听说中像一个单词。任何一个领域，没有真正置身其中，听起来都似一团想象。比如人工智能，比如智能制造。在江苏我们看到智能制造，看到科技能够让畜牧业发生翻天覆地的变化，不禁感慨没有做不到，只有想不到。但这么想，似乎又朝错误迈出了半步。位于扬州郊区，将畜牧业做到全球第二的丰尚集团，他们的企业文化墙上，这么谈创新："创新不是凭空捏造，创新是旧元素的新组合。"其企业理念，让我这个自诩的文化人，也于思想上得到既要有仰天，又要溯源的豁然。

在江苏采访中，给我印象最深的，是靖江市新萌芽智能纺织有限公司的智慧工厂。张志伟先生的智慧工厂现有智能机器人800多台，投入运营的第三工厂目前有机器人200多台，日造袜量75万双，这个数字并不令我惊讶，令我惊讶的是智慧工厂所展现出来的希望，那就是智能制造对中国制造的影响，可能具有划时代的意义。

马化腾曾说，"别看马云有支付宝，别看我们有微信，这些仅仅都是在其他层面，我们在基础层面上很差，我们在真正人工智能的运用层面，还是很落后"。但潜藏在靖江这个小城市中的张志伟先生，却率先走出了人工智能在企业中的实际运用。

张志伟先生有四个袜厂，其袜子在欧美市场，口碑和影响非常好。他的企业在我们所采访企业中不是最大的，但他的用心让我震撼。张志伟起心做智能工厂，是发现科技给企业运营带来的便利。当人工智能一面世，他就觉察到智能制造对人口密集型企业可能产生的革新。一直在做欧美市场的新萌芽企业，这些年发往国外的货品，每次都要经过西方人权管理部门和社会保障部门审核，张志伟感受到西方对中国的质疑，张先生比谁都希望祖国更强大。也因此，他期待中国人把智能制造尽早做起来，因为这个市场的先机，谁先占领谁赢，作为这个时代的年轻企业家，他觉得自己必须担负起这个责任。

开始做时，张志伟才知道实施智能制造并不是买个机器人，买个小软件，弄个流水线那么简单，从国外进口买回来的机器人，根本做不了实际中很多事，真要去实施，需要长期针对所在行业进行研究和探索。为了能把智能制造运用到自己的制袜行业中，张志伟花了六年时间不断开发新技术和新软件，在这期间熬过了无数个不眠之夜，但努力让张志伟信心倍增，因为他们的团队可以修改那些老外认为做得天下第一的软件系统，并且把它改得连老外自己都认为不可能。经过多次实践，他们还可以让机器人不受人的指挥，而是当数据到达云端后，通过数据的算法，让机器人对新的结果做出判断，再给予机台新的指令。其中种种探索中所获进步，也让张志伟先生看到机器人提升的空间，比人所要想象的提升空间大得多。

在做这个投资可能让自己倾家荡产的智能工厂的过程中，张志伟不断遭到质疑，说他是企业家做起了科学家的事，身后资源根本不匹配这样的课题。但对智能制造的深入，却让他看到了其中无限的可能性。他说，这些年我们企业的产品，也是在西方的质疑声中不断成长，并且获得成功的。我的智能制造也可以。智能制造的突破，对劳动密集型实体企业的改造将是颠覆性的，我希望通过智能制造，让所有企业都能为我们中国制造去加分。这件事我觉得自己必须去完成，如果现在不赶快做，我们中国人可能在这个领域的突破，会晚上十年或二十年。我期待未来我们的制造业，能够在西方打造出中国制造的气质，让外国所有客人能够对我们说，中国制造，免检，永远是我们的战略合作伙伴！

整个采访中，张志伟提及智能制造，始终像一团燃烧的火，把内心的热情传递给每个人。我问张志伟，很多人身上已经消失了这样的情怀，为何你的使命感和责任感这么强？

他有点激动地表示：我是中国人，越往国外跑得多，就越知道一个人身后站着强大的祖国意味着什么。我觉得我们这些年轻人，应该在这个伟大的时代，产生新的爱国主义思维方式，那就是用我们的勇敢和智慧做好我们这代人的事，为中国奋斗，为中国制造而奋斗！

张志伟做到了，虽然智慧工厂在智能制造的领域还有漫长的路要走，但中国一些想要做智能制造的上市企业，已经开始向智慧工厂取经。张志伟说：我将来都可以把我的智慧工厂免费送给国家，只要国家在智能制造这个领域做得更好。我希望我们国家在这个层面上走在前列，因为这将是强大整个民族、有益于所有子孙后代的事。

四

八天的采访居然很短，短得让人觉得时间比钱还不经花。以至于分别时一回望，发现八天也只是一瞬间，也都不知无数感到自豪与鼓舞的瞬间，是如何压扁了捣碎了，被储存进记忆芯片中去的。总之，我的心似乎也在这个过程中获得了更多力量，觉得自己不仅看见了建国七十年新中国的成就，也仿佛看见了自己孩子未来的希望。

也因此，我的感激和别绪多了一些。临别时，泰州机场大雨，航班起飞时间待定。突然这个待定的时间，似乎比刚过去的八天还漫长。在时间的相对论面前，我一边提醒自己心平气和，一边琢磨着主观的感受力，是如何改变了客观的颜色。就在琢磨中，突然注意到身旁有个老人，独自坐在轮椅上，便和她攀谈起来。才得知老人来扬州有事，突然脚不能动，便由航空公司帮忙，今天和我坐同一航班回西安。

也是有缘，我就顺便帮老人打打饭，扶她上个厕所。老人心里过意不去，和我交谈显得特别感激与诚恳。所以，她递过来的语言都显得特别有能量，以至于我觉得是我被帮助了。我建议老人一下飞机，就去西安的大医院好好看看这莫名其妙就不能动的腿。但老人说她还没告诉儿子，儿子从北航毕业，在中国科学院阎良试飞中心做飞行员，今天还在试飞。我说西安也这么大的雨，试飞不危险吗？老人叹气：试飞就是要挑战飞机在各种极限环境下的性能，的确非常危险，但他就喜欢飞行，所以我总在操心，也不敢告诉他我的现状，免得让他分心。

在大雨中飞行的儿子，和此刻坐在这里独自承受病痛的老人，让我突然想起这八天采访各个行业的人群，他们都是这样，在负重中默默前行，才有了新中国的发展以及今天的辉煌成就。正在感动中，飞机就起飞了，一低头看到安检员向机组人员和旅客挥手告别，似乎遥祝此趟旅行平安顺利，瞬间那个挥手动作就触动泪点，让我哽咽。

一次旅途，仰仗这么多成全才能成行，我们平白无故走在街上，不知有多少人为我们的安全，为我们日常的运行在做着付出。一切看似平淡无奇的存在，后面有太多支持：地球如常转动，保证了最根基的气候支撑；植物动物矿物用生命为我们提供营养和供给；身边那些相识与不相识的人，保障了车能开，灯能亮，水能用，保证种种所用的畅通无阻。并且，这一切还不仅仅是这样简单的支持关系，而是精神上的相互影响，相互给予，相互促进；比如我关于孩子择业的问题，居然藏在一场冥冥中已经安排好的采访中；比如我关于生活的些许困惑，答案就藏在无意间对一个老人的照顾中；比如瞥见时间的某种答案，就在一场偌快的采访和偌慢的飞机滞留中……

瞬间，发现人就像活在一个化学反应堆里，每件事，每一物，每个人，都在改变着一个人。经历一件事前，人是一种物质，经历一件事，人又变成或被添加了无形中的另一种物质。人被事改变，被人改变。而在其中，人事也相互赠予，相互改变。那一瞬间，突然觉得祖国像一个熔炉，而我们所有人存在其中的目的，皆是被导向于对恶与坏的提纯，对善与美的唤醒。同时祖国也是这样一种在被煅烧的物质，从1840年的苦难，到1949年的更新，到如今复苏成为东方巨人，我们一起组成了她，而她也作为一种更大能量，引导着我们。我们在这其中，都在遇见着未知的自己，也都在诞生着崭新且充满希冀的自己……

138

痴与不痴

故事是几年前听到的。

讲故事的女子 50 多岁。她是被世俗消解了追求的画者。大凡步入婚姻的女子多如此过了一生，为家为孩子。但放弃艺术心有不甘，她言语中不免流露出对男子的不满。

男子家境不错，他父亲是一所著名大学的党委书记，母亲曾是市重点中学的校长。哥哥早就出国，发展卓有成就。只有他至今一事无成。他原本学小提琴，突然有天对做小提琴感兴趣，就改行开始做琴。别人一把琴一周就做好，他做一把琴，需要几个月乃至大半年。他不讲吃穿别无他好，一旦口袋有钱，就会花几千元钱买一块上好的木头，再花几千元买一些不错的琴弦。之后几个月，就会把自己关在消隐了时间的房子里，凿啊凿，磨啊磨。他毕生的心愿就是留下一些传世名琴，如意大利制琴大师瓜达尼尼那样。

别人做小提琴考虑成本，想着生计，一般多用最便宜的质地卖出最高价位。他也开着一家琴行，却并不怎么赚钱。因为一旦做的琴好，他就想办法托关系，把自己的琴送给欧洲某个皇室的王子或王妃。而一旦琴做得不好，他又担心这样的琴流传于世，会毁掉自己的名声。为此，他维系自己这一独特嗜好的经济来源，主要还靠国外那个哥哥的接济。

女人见证了男子大半生的成长，在叙说中已是情感复杂，时叹时贬。她觉得自己男人已经够神经了，但竟遇到了比自己男人更为过之的人，他就是被誉为"小提琴王国中的鬼才"的李传韵。而这一老一少却一见如故，一个做琴一个拉琴，渐渐成至交。

他们的相识起于李传韵有次来本地演出，所带小提琴出了点问题，就到处物色，最后看上了她老公制作的小提琴。演出后，李传韵对琴感觉不错，和琴师一聊，两人相见恨晚，竟很快成了朋友。一次李传韵请他们夫妇去中央音乐学院家中做客，女人说，她竟然在那里遇到了一堆神经更不正常的。有次开会，大家一起讨论小提琴上的共振问题，结果有其他院校一个桥梁专业的教授也来旁听，他对大家所谈大有异议，非要从桥梁上的共振原理，给人家讲共振，搞得场面鸡飞狗跳。

从女人的口气里隐隐听得出贬损之下的羡慕，她大概知道，自己的绘画事业之所以没有走下去，缺少的就是这股神经和不正常。而在她嘴里白痴似的天才李传韵，却让我不断想起《象棋的故事》里的那两个象棋大师。确切地说，我和茨威格的视角一样，素来感兴趣的就是各种有偏执狂和囿于某种单一思想不能自拔的人。"因为这些人用来局限自己的范围越狭小，他在一定意义上就越接近于无限"，而且往往就是这类在很多领域都显得惊人无知，很多地方连普通人都不及，甚至能被众人戏弄乃至嘲笑的人，竟成为可以载入史册的天才。仿佛通过他们，密封着世界的壳被撬开了，隐隐可以偷窥到上天的密意。

李传韵快 30 岁了，走到哪里，都抱着一个玩具熊，他说那是他的灵魂伴侣，可以承载他的喜怒哀乐，并从不放弃他。他演出时，随时可以消失退场，因为他的情绪或想法原因。别人一句话说不好，他就会突然从生活中逃跑，没有任何解释。他这样固然与他的少年得志，与美国茱莉亚音乐学院的"小提琴教母"多萝茜·迪蕾老师要他尽量张扬自己个性的做法有关，但相信他那种一上场随意改变曲目，激情来了就一通发挥，动不动就欠缺礼貌的任性做法，理解和喜欢的人并不多。可无论世人是否理解，上帝的确把最亲密的吻和爱，送给了这个孩子。

李传韵三岁拿琴，五岁参加一个全国比赛。据说当时因为他作为一个小孩子演奏了拉罗的作品挑战难度高，被质疑为好高骛远，所以获得第二名。但很快他就成为著名小提琴教育家林耀基的学生。随后又被一企业家看上，六岁移居香港。11岁赴波兰参加第五届维尼亚夫斯基国际青年小提琴比赛，他赢得少年组冠军，成为该国际顶级小提琴赛事最年轻的冠军得主，并获得"天才神童"称号。1996年李传韵获美国茱莉亚音乐学院最高奖学金，赴美跟随著名小提琴教育家多萝茜·迪蕾教授及小提琴大师帕尔曼深造，成为多萝茜·迪蕾教授最得意的弟子。西方主流媒体评价李传韵是"一个在琴弦上跳舞的魔鬼天才，一位用技巧征服世界的大师"。著名小提琴家盛中国这样赞叹："在中国当今年轻的小提琴演奏家中，首推就是李传韵。主要是他的演奏不是普遍的当代小提琴演奏家——我讲的是有资格的小提琴家所能达到的。这么说吧，他的技巧超过了帕尔曼。确实如此，他超过了帕尔曼！他的很多东西不是做出来的，是他内心深处流出来的，这是上帝给他的。"

然而这个天才的孩子，却有着惊人的自卑。女人和她的琴师老公第一次受邀到音乐厅观看李传韵表演，演出完礼仪小姐拿着本子，媒体记者拿着照相机，大家为李传韵精湛的技艺和完美的激情所倾倒，等着他为本馆留言签字。然而这个快30岁的孩子，望着人群却手足无措。居然拿着本子一个人溜进卫生间，签完后才孩子一样跑出来。

李传韵的个性使得他不会和人相处。当年在美国上学，他因为被老师特别偏爱，遭到同学嫉恨，最后无法处理，一个人从学校逃跑，此后几年都不再拉琴。是陈凯歌让他在《和你在一起》中出演一个流浪的小提琴手，并让他为他的电影配乐，才使得他重拾自信返回舞台。

多少人被李传韵的技艺倾倒，因为小提琴上有很多专业技术难题，有些人终生克服不了。而这个孩子通过自己的努力与悟性，在13岁就解决了小提琴上所有的技术问题。但是，他依然不自信。他觉得自己长得十分难看。当琴师妻子和琴师第一次到中央音乐学院看望李传韵时，李传韵的母亲丘星冶对他们说，你们见了我儿子，一定要夸夸他长得帅，这样他就会高兴。因为他老为自己长得不好看而难过。

多少人羡慕李传韵，他却说每个人都是上帝的礼物。多少行内人觉得他精湛的技艺强大到只能仰望，他却说自己实在太弱。传奇的李传韵有着他更为传奇的一面。据说有次到内地演出完，饭局上有某位省长参加。他一见李传韵就拿出官腔："听说你小提琴拉得相当好，能不能现场为大家演奏一曲？"李传韵站起来，说："我现在不想拉琴，我想大便！"

桀骜不驯，狂傲不羁，不懂包装，没有礼貌，让李传韵引来诸多非议。但在另一些人眼里，他特别善良特别天才。2003年"非典"时期，身在美国的李传韵，极力排斥父母的劝阻，坐飞机回到许多人避之不及的香港，用音乐鼓励人们战胜"非典"，再次挑战着被世俗者讥讽为只"十三岁智商"所拥有的异质。

李传韵说，小提琴已经长进了他的身体。今夜听着他《爱的致敬》，想着当日对我讲故事的那个被生活消解了追求抱憾余生的女人，想起她默默无闻，一生痴爱和探究着木头与琴弦之间神奇奥秘的琴师老公，想起这个只能在拉琴中获得光明与自如的男孩李传韵，突然明白：大痴者大成，小痴者小成，不痴者一事无成。因为天才，根本就是一团去无限热爱的能力。

最后的秋语

秋日的天，蓝得让人感动。

清晨一出门，她就仰头望着天空，目光一刻也不离开。夜晚的梦脱落了，人清清澈澈，走起路来觉得特别轻松。不是刚下过雨的天，没有风，但空气非常洁净，阳光的瀑布洒下来，人好像在温水中游动。天干净得没有一丝杂质，无论是东边初现的太阳，还是头顶的这片蓝色，都是那种颜料调配十分均匀的色彩，又有着颜料无法比拟的细腻光滑。月亮也看欢喜了，露出雪白的牙齿，偷偷笑着不肯离去。一只飞机从远处飞来，好像一只被放飞的风筝，衔着谁的思念，去了天边。没有云，天空安详极了，身旁明明人声鼎沸，车喧不息，但宁静却渗进了她肌肤的每寸毛孔。

她就这样走着，快乐感随着目光所及的诸物，开始在体内不断蓄积蔓延。走着走着，人就情不自禁笑了。脚下，因这心不在焉的走路方式，不小心就磕绊一下，可一回过神，她的目光也就赶紧回到天上，好像那里，有着不能比拟的安慰和诱惑。

车过几站，人就很多了。可这么喧闹的地方，她还是觉得安静。世界能走入她眼睛的，就是花草树木、鸟儿、天空阳光和云朵。可天上此刻是没有云的，只有那牙没落的月亮淡淡的，像丝丝的云痕。世界那么干净，蓝天像海水，阳光像金水，空气像无色的水。车就在水里游着，好像一只大大的鲸鱼。鱼背上的人群被颠簸着，一起一伏，她的心就开始跳跃起来。远远的路途成了一架长长的钢琴，她的目光如同点着琴键的手，而心灵是绿豆芽状的音符，车的颠簸在脑海里漾起渺渺的音乐，音符一会儿跳上树梢，一会儿跃到天空，各种各样花草树木的叶子，因为音符的跳动，说出美妙的话来。那话语她听不懂，或者，那话语就不是用耳朵来听的，而是要用感觉来摸的。总之，感觉触摸到这一切的时候，她就无比地喜悦。

世界这么清澈，她在心里，对自己轻轻说。

其实，她知道，她看到的都是上半截子世界。这个秋天一直是多雨的，有一阵子，她担心那雨会不停，一直一直下到冬天。等到冬天天气冷起来，雨就在空中结了浑浊的冰。世界再也走不过去，窒息得要死。可到了深秋，竟然连一丝的云都没有了。蓝天如梦，阳光如水，空气干净极了，在这样的日子里，她每天到办公室都要对着窗外的那棵梧桐树哼一会儿歌。对面的女孩也跟着哼哼，然后说，好久都没有和你一起唱歌啦！她笑：因为天气这么好，我就忍不住！

是啊，忍不住。她是一个对美和好如此没有免疫力的人，一丁点儿的美好，就马上把她叫醒了。可一丁点儿的不好，就如烂泥一样挡住她的生活。其实她可以选择平静的，可她像一个贪心的孩子，太喜欢那种触觉张开的日子所拥有的巨大幸福了。当薄薄的灰尘轻轻地罩住她的生活，她就开始拼命地挣扎，拼命摆脱，就是因为太执着这样明澈的感觉，所以一点点生锈麻木的感觉她就常常变得不能容忍。

愿望是荷花，生活却常是荷塘。有一次，她和关系很好的一个同事走在街上，同事指着路边一个很大的店面说："沃尔玛要在这里开超市了！"她毫无表情。同事说："世界五百强的零售商呢，你不想进去看看？"她摇头："在我眼里，那就是商店而已。""可这是超大的商店。""无论大商店还是小商店，都能买到你要的东西，有区别吗？"她刚说完，就瞅见门口一棵枯瘦的柿子树上挂满了一些黄色的柿子，好像干花一样好看。她一下子来神了，拉着同事的手笑："你看，你看，这柿子多好看啊！"同事叹息："唉，你这不食人间烟火的家伙，我和你逛哪门子街呀！"

实质上，人谁能摆脱烟火，她也有烦恼。可她觉得，所有的烟火就如荷塘里的淤泥，是为了荷花的生长。现实如果不能托起一种美好的情绪更好地飞翔，那么，现实就是一个深渊。那样的生活，她不要。虽然流星也不总是常常划过天际，就好像十一月以来如此好的天，也不会总是每天都有，常常降临。可所有被雨淋湿的季节，难道就不是为了盼望这样的一种晴朗吗？竭力想剥蚀那种生锈和麻木的外壳，不就是为了敏锐捕捉生命的光亮吗？济慈给朋友的信里说："我不求过有思想的生活，但求过有感觉的生活。"实在是，思想是一堆铁，可感觉是光。虽然一个有感受力的生命，注定了痛苦感的增加，可如果生命里有几个这样的秋日，或者能强烈感觉到这样的几个秋日，一切灰暗的等待，难道不也值得吗？

"人虽然不能使自己离开泥土一样的生活，但心灵该一直向上。"她看了看外面那些树的形象，轻轻从舌尖把这句话吐出去，然后，又把这句话里的意思，同着那天蓝色的窗外，深深吸进心底。

一杯寄往二十年前的茶

周末上午到超市买完东西，一家人向回走。到巷口他停下来，说买份参考，要我等等。

低头看见地上摆着旧书摊。要在学生时代，我会挺稀罕。因为那时可以找见的书太少。可现在，虽说生活不富裕，但书的消费还不成问题。我已经有那么多书了，旧书原打算再读一遍的计划至今没实现，新书却还在增加。那些留存着第一遍墨香的新书我还没好好享用，又怎么会买这些脏乎乎的旧书？

但人的心思一动或者一念之间的改变有时很快。半秒前还想着不买，半秒后我就开始细细打量了。

陈年的《视野》《格言》《女友》散了一地，这些快餐时代生产出来的大量杂志早已排除在我阅读之外。我的目光很快滑到卖书男孩脚下的旧书上。

扫视一下，目光就落在一本北岳出版社的《徐志摩作品集》上。徐志摩诗集我有一本，但明显没有这本全，翻一下，半新不旧，原标价28元。

问男孩，他回答：7元钱。讲了讲，5元成交。

这时他来了，儿子却不走，抱着一堆旧画报要买。他低头给儿子在挑，我就看那些书页更加发黄的书。

于是看到那本辽宁人民出版社1983年出版的《爱因斯坦问答》。

或许真有点让书读坏读乱了脑子，这几年我想不通又特别想想通的事越来越多。前段时间有朋友介绍了本宗教方面的书，刚刚翻完。里面谈论的是一些关于爱因斯坦的哲学理论。我学生时代绝对不是个好学生，物理学得一塌糊涂，现在想看爱因斯坦，也仅是想从精神方面找点出路。

作者叫舒伟光，名字不熟，但想必有分量。因为那年头出书不像现在，谁都可以乱蒙人。

一看标价1.3元，我笑了。

那本28元收5元，这本1.3元你打算要几毛？

男孩也笑：这本最低3元。

呵呵，我们都不是能被骗过的人，彼此心知肚明。

拿了书走在路上，我心里美滋滋的，回家后马上打开阅读。

靠在床头，拿根笔，边看边把有用部分画出来。画到第20页，签字笔遇到铅笔，我猛然一惊，好像自己在无人的旷野上走路，迎面忽然遇到一个陌生人，黑压压地堵住去路。

这虽是本旧书，但书页平平展展，保持得比那本2002年出版的《徐志摩作品集》要好许多。由于没写名字，我还以为这么泛黄又这么崭新的书是谁家出版社的积压产品呢，现在看看，根本不是一回事。

难道这本书另有主人？翻到前面，我看到出版时间是1983年的头版。那么他或她又是在什么心境下买了这本书？

主人必不是她，一定是个他。因为女人买这类书者太少，而且，从后面笔锋凌厉的字迹来看，也无疑是个男性。

我仔细看了看第一次他画出的部分：

"在爱因斯坦看来，苦和甜来自外界，坚强则来自内心，来自一个人的自我努力。我所做的绝大部分事情都是我自己的本性驱使我去做的，它居然会做得得到那么多的尊重和爱好，那是我深为不安的。"

"绝大部分事情都是我自己的本性驱使我去做的。"我喜欢这句话，想必，他也喜欢。要不，他不会画出来。因为整本书，他画出的部分并不多。

我猜想，这必是个衣着干净书案整洁的男人，他用铅笔从纸上画过的弧度，非常舒缓细致。不像我，哗啦一笔就拉到头。而且，他这样爱惜书，让这本书历经20多年，居然还能像从书库里新拿出来一般，可见多么仔细！他至少该是个学者，这样的书，一般人不会买，买了也看不进去。我对这个男人产生了越来越多的好奇，这样好奇的猜想甚至中断了我正常的阅读，单挑他画的部分看了起来。

引起我注意的下一句话是："爱因斯坦回忆说，国家是故意用一种谎言来欺骗年轻人的，这是一种令人目瞪口呆的印象。这种经验引起我对所有权威的怀疑，对任何社会环境里都会存在的信念完全抱怀疑态度，这态度终生都无法离开我。"

在1983年或者迟几年买到这本书时，他必然是经过十年浩劫？画出这些，是他心境的一种反映吗？他那时候有多大？像我现在一样，或者已经不惑？还是知天命？无论如何，他一定与我有着长长的年龄距离。

继续向后翻，看到唯一一段红笔画的话：

"一个学科可以被分成无数专门的领域，每个领域都能费尽我们所能有的短暂一生不能穷尽。"

用红笔画出，说明他的郑重。他醒目标注表明了内心，表明了自己的努力，也承认了人的无力，人的有限。每个人何尝不如此，任你如何努力，这一生你都一样无知。正如前言中爱因斯坦的注解——谁要把自己标榜为真理和知识领域里的裁判官，他就会被神的笑声所覆灭。

他必然也深信，深感自己的渺小。我觉得，我和他相似的部分越来越多了。

中间是大量关于相对论的解释，有很多物理符号公式定义，他跳过去了，没有出现笔迹。难道说，他不是个物理方面的学者？他也是一个和我有着某种精神苦恼的人？

着笔最多处，是在爱因斯坦哲学成就这一节。他画出的第一点我就有点入迷：

爱因斯坦说他相信，特别是他自己，很少能提供出关于自己一些想法产生的始末。

难道这个几十年前的他也和我一样，也是这样觉得？相信冥冥，相信太多东西的无法解释？相信先定的和谐，一切的被创造？他读这本书也不过是要和我一样，印证存在于自己脑海中那些无法被印证的东西？

再后面画出的部分就深奥了，他画出的部分是美国精神病学家A.卢森堡对爱因斯坦创造力的分析，关于那个两面神理论，他画出许多，我却不大能看进去，这让我觉得他有点像个哲学研究者了。正纳闷，他却用笔在最后写下一串字——痛苦产生的本原到底来自哪里？

我一下傻眼了。

我似乎看见衣着整洁的书主人，坐在深夜里，边翻着书，边苦思冥想，指间烟灰弹落了一桌也浑然不觉。就像我此刻，搞不清楚很多东西，又那么想搞懂一样。过了这么多年，人和人的困惑又何其相似！一样的茫然，让我突然觉得这个男人亲切起来。

这书是从哪里来的？应该是本市，对吧？那么他呢？是上学，下乡，还是工作？现在，他在哪里？工作，退休，或者不在人世？我有没有在哪里见过他？在某个街道上，落叶缤纷，我们谁也不认识谁，曾擦肩而过？他白发苍苍，但绝对想不到我会拿着一本他的书？或者，在哪个书店遇见过？或者，他已不在人世了？

吴冠中先生说，如果虚谷活到现在，他很想请这位清代画家喝一杯茶。可如果是张大千和任伯年，他不愿意去，因为他和他们没话说。初读我真觉这老头可爱率真，活得有性情。但我读了吴先生的话，还是没敢对那些我仰慕的诗人文豪起这样的想法，因为自知渺小卑微，宁愿远远地仰慕。可此刻，捧着这本书，我忽然想，会不会有一杯能穿过时间递过去的茶呢？如果可以，我愿意捧着这样一杯好茶，在一个安宁的黄昏，放在书主人的茶几上，告诉他，我在书里和他遇见过。为此，想请他喝一杯 20 年后递来的茶。这杯穿越时空的茶，飘满清香，不关风月。

万古人间四月天

读她们三个顺序是这样：冰心、张爱玲、林徽因。

读完后，远了冰心，淡了张爱玲，爱上林徽因。

远了冰心是首先没有记住她多少作品，其次她比较小心眼。太太客厅在丁玲的笔下写出来多么让人仰慕神往，而在她笔下，就另有味道。难怪从江西出差回来的林徽因要将一坛又好又酸的醋差人送给她了。

淡了张爱玲是因为她的古怪乖张。都是大家闺秀，都是一代才女，可不同的是她的家族到处弥漫着一种颓废的气息，她吸烟的父亲、二姨太、离婚的母亲、独身到老方才结婚的姑姑，使她的人生永远有摆脱不了的苍凉和绝望底子。

而林家庭不同，少时读林觉民感人至深的《与妻书》，后来才知道居然是林的叔叔。林的祖父发觉清政府无能之后，在仕途上就不再做任何设想，而是专心请名士教家族子弟潜心治学。这样健康向上的家庭，有那样聪明连徐志摩都奉为知己的父亲，也难怪梁启超对这个儿媳妇都格外喜欢了。

当然，她让人神往的绝对不止这点。

她很美。在萧乾夫人文洁若的笔下——"她是我平生见过最令人神往的东方女子，她的美在于神韵——天生丽质和超人才智与后天良好高深教育的相得益彰"。甚至从冰心嘴里说出，她也依然是"很美丽，很有才气。她比陆小曼俏"。她在香山养病，不小心被作家陈衡哲的妹妹看到了，她回忆起来自己惊喜不已："我看到轿子里坐着一个年轻女子。她的容貌之美是生平没有见过的。我心中出现了'惊艳'两个字。别人告诉我她是林徽因。用什么现成的话赞美她？闭月羞花，沉鱼落雁都套不上。她不但天生丽质，而且从容貌和眼神里透出她内心深处骨头缝里的文采和书香气息。"

而她骨子里的诗心诗意借着她美丽的容颜龙涎香一样向外散发，简直沁人心脾。她在香山养病时，刚好开始自己的诗歌创作。据说她常在晚上创作，喜欢身着一袭白色的纱样睡衣，点一炷檀香，采一朵清莲，对一池荷叶，静思创作。那时侯，人花共影，细烟袅袅，仙袂飘飘，让她浑然与境有种超凡脱俗的美。这种不食人间烟火的美丽，也让她深以为傲。她曾对梁思成说，如果这个画面让男子看到，一定会沉醉晕倒。梁思成听罢回答："我看到了就没有晕倒。"不过，梁的话毕竟是玩笑，他自己就说过："别人说，文章是自己的好，老婆是别人的好。我是，文章是老婆的好，老婆是自己的好。"言语中怎一种骄傲自豪！

林的美，表现在她的大气上。林随父亲到欧洲留学，那段时间，她整天低声哀叹："我独自坐在一间顶大的书房里看雨，那是英国不断的雨……我一个人吃饭一边咬着手指哭——闷到实在不能不哭！理想的我老希望着生活有点浪漫发生……最重要的是有个人要来爱我，我做着每个女孩子在那个年纪都有的梦。"就是在这时她遇见了徐志摩。要说林不喜欢徐那当是不可能的，可她想象的爱情和这完全不同，徐是父亲的朋友，是她差点要叫"叔叔"的人。而徐却当即被林绝代风华般的美丽和空谷幽兰般的气质倾倒，他迫不及待地选择了离婚，向林表达自己的心意。十六岁的林徽因还没感受到爱情的美，就先被它带来的一系列结局吓住了，她告知父亲后，两人当即选择回国。

在这里，我觉得有必要提一下冰心。作为同时代的才女，林在那一代中的风头一定盖过她，她虽然酸溜溜写了那样的文章，可心底她到底是认同她的，她对徐志摩和林徽因的感情的表述是——"像林徽因这样的一位大家闺秀，是绝对不会让他因自己的缘故打离婚的。"可谓十分中肯。

林回国后遇见了父亲给自己安排的幸福未来——梁思成。梁也正当年华，名门出身的他一派儒雅气质。林一定从中感到了另一种安稳和踏实。因为这是让每个女孩子都十分放心的选择，想象的爱情可以缠绵悱恻，但真实的生活却只需要一份踏实安稳。

正当林梁感情渐渐升温时，徐志摩赶回来了。面对恩师的儿子，清华的大才子，一开始，他根本没有机会。但泰戈尔的来访，却给徐林感情来了一次升温的机会。

那个秋天的北京，空中缤纷的色彩一定是不断在调换着喜悦和伤感的调子，为这段爱情来做注解。在接待泰戈尔中间，林和徐一起表现出少有的和谐。

后来的报纸刊登了当时在日坛公园举行欢迎集会的情景，语言概莫如下：林小姐人艳如花，和老诗人挟臂而行，加上长袍白面，郊寒岛瘦的徐志摩，有如松竹梅一幅三友图。而后来两人一起出演的爱情剧本《奇特拉》更是为他们的情感做足了加温。甚至连泰戈尔送给林徽因的诗，我都觉得老诗人充满了对这两个人爱不能的惋惜——

> 天空的蔚蓝，
> 爱上了大地的碧绿，

他们之间的微风叹了声"哎！"

谁不喜欢这样的珠联璧合？林也一定喜欢。她的表现，最后导致梁思成的姐姐一直反对弟弟的亲事。林估计来不及想，也不能去想，就被和梁思成送去美国，一场余音袅袅的爱情，就这样曲高弦切。

她后来无数次说起这段爱情，都那样充满遗憾，可她依然表现出一种珍贵：都过去了，我会永远纪念着。其实，很多东西都这样，得到不如放手，相见哪如怀念！

她留存了她的爱，一直到徐志摩出事。徐志摩死后，她把梁思成拣回来的一块飞机残片终身挂在自己的房间。甚至，多年后，当她路过徐的故乡时，她写下的那段文字还让人唏嘘不已：

"凝望那幽暗的站台，默默地回想许多不相连续的过往残片，直到生和死居然幻成一片模糊，人生和火车似的蜿蜒一串疑问在苍茫间奔驰……"

林在爱情上的态度是非常让人可敬的，她所有的故事都是那种真正浪漫脱俗又大气磅礴的爱情。诗心文心洋溢的她，不可能内心一片干涸，但她始终表现出对自己情感的尊重和对身负责任的明确认识。林后来又喜欢上了金岳霖，对于林的情感，可能多有厚非。我想周国平关于这点的描述倒很为精确："我不相信人的一生只爱一次，我也不相信人的一生应该爱很多次。你是深谷，一次爱情就像一道江河，许多次爱情都是许多浪花；你是浅滩，一次爱情就是一条溪流，许多次爱情都是许多次泡沫。"所以，林的一切，毫不妨碍林做着梁的好妻子。甚至最后连梁也只好酸酸说，他们是"梁上君子，林下美人"。

当然，林又始终不像一些女子，只耽于幻想，她有着自己非常深刻的人生见地。她不论是在绘画、文学、音乐、表演等方面都有过人的天赋，而她作为一个女子，最后能选择以建筑作为自己的人生理想，表现

154

了她真是那种能把梦想和现实有效结合的女子，单看看她为《平郊建筑杂录》写下的开篇就知道了。"玩石会不会点头，我们不敢争辩，那问题怕要牵涉物理学家，但经过大匠之手艺，年代之磋磨，有些石头却是会蕴涵生气的……无论那哪一个巍峨的古城楼，或一角倾颓的殿基的灵魂里，无形都在诉说，乃至于歌唱，时间漫不可信的变迁……"那么细腻充满诗感的文字和这样生硬的建筑放在一起，呈现出这样一种风格，实在让人不能不折服于她的才思啊！

林颇有欧洲 18 世纪主办沙龙的贵族夫人气度。在 20 世纪 30 年代，她家的客厅，是一个水平极高的文化艺术沙龙，以她为中心，聚集了一批当时中国第一流的精神贵族。林以自己的影响，提携了当时一帮默默无闻的作家和诗人。萧乾是，卞之琳也是。关于萧乾那段很能看来林的个性，她看见报纸上的《蚕》，就给沈从文写信，让沈把萧乾请到"客厅"来。而萧当时不过是个大学二年级的学生！萧自己大约也对这幕的记忆感激而诚恐吧！林率真的性格，由此可见一斑。

在 30 年代，当中国到处流行写无产阶级文学时，林直接在《大公报》上进行批判，她认为"作品最重要的是诚实，要写自己熟悉的生活，才能写好"。她给朋友的信中也是这样说道："每当一个作品纯粹是我对生活的热爱的产物时，我才会写得最好。我必须是从我心坎上爆发出来的。不论是悲还是喜，必得由于我迫切需要表现它才写的，是我所发觉或熟知的，要么是我经过思考才了解到的，而我又十分认真、诚恳地把它传递给旁人的。"

林极为有限的文学作品能受到那样的好评，不能不说是她天然纯净的写作态度促成的。林的文学创作完全和她的人格融为一体，让她的文学作品表现出一种很为夺目的魅力，你读她的作品，就宛若读她。所以，我对她不多的几首诗都非常喜欢。因为她的性格完全投射到她的诗里，一派的率性可爱——

好比这树丁香，几枝山红杏 / 相信我的心里留着有一串子话 / 绕着许多叶子，青青的沉静 / 风露日夜，只盼五月来开开花！ / 如果你是五月，八百里为我吹来 / 蓝空上霞彩，那样子来了春天，/ 忘掉胭脆，我定要转过脸来 / 把一串子疯话全说在你的面前！——《疯话》

林出身名门，又接受过西方的教育，可贵的是她从来不极左或极右。她始终是二者兼顾的性格，要求自己做个好妻子，又要求自己不单单是个好妻子。要求自己忠诚于家庭，又要求自己坚持自己的追求。她始终没有偏废任何一方，最后，20多岁的她终于因此累病，以后再没有好起来。更可贵的是，她这样的一个小姐，在最后战乱的日子中，依然能整天在乡村野下奔波，为自己对建筑的追求不离不弃，还能在写给自己好朋友费慰梅的信中，这样说："我们遍体鳞伤，经过惨痛的煎熬，使我们身上出现了或好或坏或别的什么新品质。我们不仅体验了生活，也受到艰辛生活的考验。我们的身体受到严重的损伤，但我们的信念如故。现在我们深信，生活的苦与乐其实是一回事。"生活的苦与乐其实是一回事，单这一句话，就是一个受过很多苦难的人才能深刻感受到的。而问题在于，之前的费慰梅已经做了很多工作通过有关大学向她发出邀请，希望解救自己的朋友于水火，希望她去美国对她的病进行有效的治疗。但林就因为当时很多知识分子的观点，要与自己的国家共存亡，而没有去，这一切，都足见林高贵的人品。

林去世前，把张幼仪和徐志摩的孩子叫到床前见了一面，一了心愿。可见，她要是不喜欢当时泰戈尔身边被称作"松竹梅"的竹是不可能的，可她还是选择要一种更踏实的人生，最和谐的婚姻。她会动心，但她做得很有分寸。她的一举一动中都有着一种为常人所难做到的胸怀大气。

她去世后，金岳霖谈起她来说："极赞欲何词啊！"我想，她是配的。她配一直活在徐志摩的思念和爱恋之中，活在金岳霖的赏识和爱慕之中，活在梁思成的血肉之中。因为，她是人间天空中不会重来的一片四月天。

秋醒

秋天的脚怎么爬出泥土，悄悄和夏天换了岗？肯定跟母亲门口那架苦瓜一样，趁人不备，就偷偷长一下。等发觉时，一朵朵翡翠般的绿，已经在风中叮当作响了。

秋无疑是四季最上乘的那片翡翠。那液体一样的秋波在窗外一荡一荡，使人甚至甘心变成一只被溺死的小虫，只为成全出最剔透晶莹的一块绿琥珀。但更多时候，每一季的打开，都宛如心上一层花瓣的轻绽，给自己又打开一层谜底与光明。虽然，从时间层面上看人随光阴衰老，但从心灵视角上看，却分明是从没停止的生长与觉醒。这察觉让一切伤怀感叹都显得轻飘，因为有些日子，她活得，好像自己会永生一样。甚至在忘我瞬间，仿佛已置身永生，逃脱了世俗与时间的魔咒。

那时，总有微妙的体会不时浮现：一夜的雨，最初沙沙沙的，是拨弄泥土的声音。黎明时雨渐大，像无数双手在田间插秧。而醒来一探头，窗外果真是比天空还一望无际的湿绿。秋季的雨，这是多美好的词，以至于她希望这悠长的曲子，能够被一遍一遍咏叹下去。某天午休，楼道里一阵刺耳的响声把梦吵醒，睁眼她惊喜发现，刚才的梦就像在睡眠中偷偷破土的蘑菇，那么新鲜可爱，只是被声音这只陌生的手，不小心摘走了。深夜听一耳虫鸣，忽觉几十年前的往事就像潜伏在某处的小虫，一闭眼就跃上心头开唱。以至于第二晚下楼散步路过草丛，发觉四周虫声越发逼近自己，叫得简直肆无忌惮了。原来过去的时光并没有消失，它们就藏在黑暗中那些小虫的歌唱里。等安静的小夜曲一响，过去的电影就在脑海中开演。

有些时候她找笑，但更多时候她在找哭。因为眼泪比微笑还美，眼泪是心灵苏醒的笑。比如被感动时涌出的泪，被激励时落下的泪。笑像身体里吹风，吹过就散了。哭是身体里下雨，让内在得到洗涤。还有些早晨她推门下楼，竟觉得这一个早晨仿佛不是本身在那里，而是在一推的刹那，才被她的目光推出这么多草绿花红风清云白，仿佛这一天如果呆滞封闭，这一天的美丽就根本不存在。还有些时候，一闭上眼，就能看见一个长长褐色胶片在心之眼前缓缓拉动。那些白日里晃动的人事，那些想象与恐惧，都一一浮现。它对她宛如太虚幻境，混沌未开的她怎么都猜不透其中的含义。有时会以为那些画面近乎莫须有，但后来就知道这都是自己理解力有限，那都是启示、保佑和引导自己的奥妙；甚至连梦，也渐渐能发觉，是对自己的启示。虽然梦醒总不理解梦境中的寓意，直等第二天事件发生印证了，才知道，梦墙上早给自己写过这一幕。

能觉察这些感受的时刻，心当然无比宁静与幸福。但长久以来，又是什么阻止了这种清明时刻的减少？甚至是什么束缚自己，让这样透亮的光无法照进来？

束缚折磨自己的正是自己。比如之前总认为坐班让颈椎出问题，可上天没有让谁剥夺过你一小时动动脖子的自由。你总认为自己不够自由，其实仅仅是你的心不自由，你的想法不够自由，是你懒惰的思维没有给自己找到每件事被灵活运用的出路。不是世界堵塞了你，而是你自己堵住了自己。又如你觉得有些人不欣赏你，可你不是为讨人喜欢才存在的，而且你不可能既是苹果又是梨，对了所有人的口味。你的存在自有意义。别人说你不好，你就真不好吗？别人夸你一下，你就因此增添智慧变得美丽伟大？不是这样的，傻瓜。无论外在如何，你都要接纳自己。人越活应该越有定力，心应该越如水底的磐石一样，脚踩让脚过，水流让水走，风来也任风去，这才是不以物喜不以己悲，这才是"不生不灭不增不减不垢不净"。《智慧书》中说，"你掌握什么样的知识，就成为什么样的人。如果你有真智慧，则可以为所欲为。孤陋寡闻者无异于自闭于一方黑暗世界"——关键是你怎么想怎么看，决定了你的生活状态啊。如果心目张开，心界足够博大宽旷，世界于你，必是如鱼之得水。

转念就是转运，改变想法就是改变世界。这是从哪天她才慢慢意识到的？总之，从那天起，从横向上她渐渐不因别人的行为方式影响自己，懂得什么叫坚定；从纵向上她能提醒自己截断过去与未来，只要自己活在此刻。因为过去在过去时已经消失了来路，而未来必须在踏出此步时才成为真实。只有当下，唯有当下才是活生生洒在人身上的阳光。去做那些让自己更能爱惜此刻的事，才是真爱真价值。其余哪怕谓之反思，都意义不大。

思考这些，是她在处理自己和自己的关系。这是人拥有的最重要的人际关系。自己和自己没有问题了，和世界就没有问题。自己如果总困难重重，这些迷障又怎么能让你看得清世界？人人都想爱自己，而爱自己，学会怎么样爱自己，绝不是一件容易的事。你必须了解自己，了解生命乃至宇宙的奥秘，才能懂得给自己哪些部分，才是在爱自己。在这慢慢认识自己和世界的道路上，错误是经常发生在所难免的，甚至依靠错误，你才分辨出何为正确。所以你必须和自己和解，必须向自己承诺，无论犯什么样的错都要勇于承担，去接纳热爱真实的自己。这样，你才不会恨或伤害自己。渐渐地，改善了自己和自己的关系，你和世界的关系，才能从根基处渐得改善。

从意识到那天起，她改变了一些习惯：比如从爱静自闭的状态里拔出来，去运动。经常伏案对电脑，颈椎腰椎和脊背无数次抗议，好多时候背部总有着沉沉压力，但自从要求自己夜晚在楼下走路锻炼以来，突然整个人都轻松了，仿佛光明就在那一张一合的运动呼吸中跑进了内在。尽管那段时期，因为改旧稿无法读书写字非常压抑，但在巨大的劳作中，正是运动替她舒缓了压力。后来才明白，人正是依靠锻炼劳作在解放自己的身体，依靠读书思考解放自己的头脑。一个人使自己获得自由解脱的能力，完全在自己身上。无论哪个方面都不能懒惰，懒惰让人生锈，而锈迹斑斑的感觉就把光明遮挡，也把人锁死了。

那些夜晚，她经常一个人在楼下走。每天走一个多小时，然后再做操练瑜伽，或荡会儿秋千。那些和谁也不说话默默走着的时刻，一股内在的力量在内心油然升起。那是一种安静中认清自己可以左右自己的力量，是一种知道人的胜利在于对自己的超越战胜，知道自己要去向哪里的信心。

有天晚上，想起刚读过的周云蓬的那句诗——"从黄土中伸出马铃薯般囚禁的手，倒立着，以手为足，踩着天空奔跑……"她就闭上眼睛，想象盲人怎么依靠声音和想象感受世界。在睁开眼的瞬间，突然发现路边星星点点的小白花跟蜡烛一样全亮了。花开，肯定不是为了像路灯一样给人照亮，花，原来是点给心的灯。那四季此起彼伏的花开，是为了照亮人一不小心就昏睡盲目的心，才动用各种斑斓五彩，一次次把人心叫醒。

大自然对人的爱深厚无穷，所以没有人给予大自然的爱能有丝毫减少。甚至，四季就是一种失去与复还、夺取又重新给予的提醒，就是为了让人不失去感知与觉察力。使人知道，这些总是被人熟视无睹的东西里，包含着怎样的爱与美、给予与祝福。这份人与自然相互的唤醒让她看出，那潜藏在底部真正的爱，是多么艰难了不起。就像你渐渐懂得用包容宽谅的心对待身边的人，甚至，发现自己竟然一遍一遍更深地爱上陪伴着自己的那些亲爱的人。

她愿意游向爱的深海，去体会生命与人性的真谛。因为真正的宝贝，绝不会搁置在浮躁喧嚣的浅滩处。

又去深秋的夜晚做瑜伽。动作简单容易，可每次带着呼吸做五六次，就开始出汗。呼吸分明是一团火，正是这火缓缓或凶猛地在燃烧着人的生命。没有它，生命也就不复存在。于是再次凝神静气时，她带着感谢，感觉那细细的火焰在四肢内游走。她感到心被带回了家，那安静贴心、踏实感人的家。

汗像细雨一样湿透衣服。回家洗澡，复得一种新生的洁净。这时再去安息，没有梦，也没有虫鸣，只有均匀的呼吸，跟炉中被封的火一样，缓缓地替明天保存着火种。

失声的雪

雪像探子，连续几日零星飘几瓣，仿佛天使之手试完人间的水温，很快又转身离去。但于人而言，却是鱼儿看见诱饵却不得食，徒增几分不畅。

一冬无雪。人如尘粒，被嘶哑的风吹得心浮气躁。事多，努力让自己沉到水底，刚得片刻安宁就被再次撩起。走着忙着生活着，不时听见心底快被困死的小兽发出的哀鸣。人都疯了，这么活着竟不知。但知道，一个弱小生命在这种群体势力中又如何走出去。夜晚失眠，为竟然这样犯罪一样浪费了一天，白日竟继续犯罪，明明听见一个绝对召唤却无法跟随。白日黑夜，有时恨不得把这样的生命一笔删除到五十岁，马上退休。一刻都不想在烟雾缭绕的环境中待，买了许多衣服，只感到越发空虚。物质是安慰不了她的，一旦有机会，她就把自己浸到那家大而奇冷的电影院看一个专场。或者，独自去图书馆。

有人劝，你不能把书当作自己的鸦片。其实人生各有沉溺，就像生前已吸入某种气息，此生就只能坚持某种秉性，根本无法自拔。有的沉溺金钱，有的沉溺权力，有的泡在赌场，若书真是她的鸦片，就让她抽到生命枯竭，一旦爱上就像走入不归路，便是鸦片又如何。何况，实在不能把书比作鸦片，这点也只有爱书者才能体会到。对她来说，若没有书，哪里去找一份心之光明；若没有书，过去怎么活过来，而明天该如何活下去。有时，她真不明白，为什么那最好的东西竟然藏在图书馆那昏黄的书卷里，而外面的喧闹本来完全是垃圾，却飞扬跋扈到自以为万能！

书对她是一种召唤、光明、指引和力量。若在这城里活得失魂落魄，她就会跑到图书馆替自己招魂。往往一到那里，坐下来读几页书，一切问题就没了，那被吵闹世界抖起的尘埃瞬间落定，整个人一下便安静下来。

就像此刻，她觉得自己才站在一个对的位置上，一个她认为适合自己的位置上，正幸福地接近事物核心。

快过年了，街上万物在闹。中国的年就这么闹，闹到每到过年，她就心烦意躁，有时候发现自己一天竟搞得只吃了一顿饭，到晚上才意识到。对少摄取食物她十分赞成，觉得那样会洁净轻盈。如果大量吃，简直成了没脑子的动物。但对于那些光明的语言，她却胃口奇大，仿佛怎么都喂不饱的孩子。可那些智慧却像沙中金，要在偌大的图书馆找很久，才能找见那正好是马上能给她一点能量和营养的语句。

从生活中临阵脱逃，管它什么过年，如果把自己的心不整理好，她就觉得满世界狼藉，根本不知如何生活。在去图书馆的路上，她给一个姐姐发了条信息：我从生活中逃跑了。我得去图书馆给心洗澡，否则面目全非的，我都不认识自己，都快不知道自己是谁了。

这个城市里她俩最像。所以她说给她听。

原以为这忙碌的世间到此刻只有她临阵脱逃，以为马上要过年的图书馆会空荡安静，然而走进来才知道，有这么多不被外在干扰的生命，她并不孤独，虽然不认识这些陌生人，可看见这些身影，就感到一股亲切，一股莫大的安慰与温暖。

在宗教类的书架旁，有个女子背着身在翻阅佛经。她突然有些心酸。还有这样一种静，从那么嘈杂的世间落到此处。而经历和感受了什么，那个年轻的生命突然醒悟，这样走到神前。她很想过去和她打个招呼，问她看什么书，借助一本书，借助一样的安静，借助相似的热爱，她和她想必会没有隔阂地进行对话。

但是，没有。

她在就好了。也许明天这个区域会换另一个人。可只要这里有人在，就像黑暗的海面上，有船只在，有灯塔在。

在窄狭的书架间穿梭着，她感到一种内心的博大空旷。甚至静极了，脑海里猛然冒出一句话——"我孤独但还孤独得不够，为了来到你的面前"。

里尔克所有的文字都是和神对话，他已经孤独到无法和人说话。

突然感到羞愧。对于外面那份热闹，她可能稍显清静，而面对里尔克，她从人群中脱离得还远远不够，她还步入荒野和沙漠太浅。她还不足以孤独安静到听见神的声音如雷贯耳，在头顶为自己指路。

无声的雪，就在低头那个下午，悄悄刷白了人间。

读到那几张被谁撕掉的书页前，她停了下来。那人爱到竟把书都撕了。对于此举，以前她也许会因为阅读戛然而止，而谴责几句，而这一刻，或者一到这里就神清目明，她甚至期盼，那几页被撕掉的书在热爱中，能化作那人精神上的血肉，使他的精神在这个世间永远高耸挺立。

也就在走神那瞬间，她抬头看天井，发现了雪。

飘洒的星子，白色的碎花，一点点小情绪，谁的被封存的话语，再也打不开的沉默，她面对着这些小精灵，感觉美像一种针剂，刺进了几乎要丧失感觉的神经。

图书馆的天井里，那些女贞子挺着乌黑的叶，艰难得没落。楼层的灯光打在天井中，仿若时空倒错。而雪像 flash 里的动漫情景，让她再次产生幻觉。我们和很多人活在一个世界里，但我们真都在一个世界吗？不，空间里大家仿佛共处一室，但时空中有些灵魂活在古代，有些活在未来，有些为现世，有些为永恒。不同的宗旨和相信，导致了每个人所做的事情完全各异。虽然在那个世界里，她快变成了哑巴，几乎发不出声音，但她心里却一直保持着一种信仰，并相信，就是因为这种相信，她活得得以再生。

所以，她不悲观。人各有天命，生命不死，她必须为永恒效劳。这就是她的相信，她的天命。就像她觉得雪是粮食，书里的智慧是粮食，而食物就像一种假性粮食，根本没法使她不饿一样。不理解的人，是永远没法理解的。

人只能独自面对着神，然后信赖，交出，去做。

雪就在安静飘落的那天夜里下大了，仿佛要把那刚刚复活的平静与相信压得更加沉实坚定。

第二天早晨一开窗，世界一片洁白。这是新生，绝不是假象。她打扫着卫生洗着衣服，心里，却涌出许久没有的踏实。

客厅里电视开着，有女孩唱歌，伫立着听完，她把这首歌从电脑上搜出，让它一整天都在屋内流淌：

　　　　有狐绥绥，在彼淇梁。心之忧矣，之子无裳。
　　　　有狐绥绥，在彼淇厉。心之忧矣，之子无带。
　　　　有狐绥绥，在彼淇侧。心之忧矣，之子无服。

多空灵的声线和歌词啊，那个叫白若溪的歌者说，她不想成为歌星，她只想用心叩心。

这世界还是美的，只是很多的美潜藏在雪下，像暗流涌动，却一言不发。

而此刻最美的还是窗外那一地静雪。

那昨夜一群狐跑过，留下的这身白袍。那充满见证，却说不出话的雪。

绿蜡烛

清晨即将从夜色中分娩。那瞬间，清醒像枚熟透的丝瓜，垂吊在睡眠盘绕的丝蔓上。当丝瓜终于"扑通"一声扑向泥土，她看见眼皮也被打绽了，白色的天花板像电影银幕，突然蹦出三字标题——绿蜡烛。

昨夜睡得很晚。打完字，她轻飘飘像一片羽毛，随意落在床上。白日和女友去书吧喝茶看书，消耗了一天时光，回来又写稿，应该很累的，可梦并不沉重。到早晨，这忽然苏醒的灵魂仿佛一个在森林间睁着眼睛，充满好奇与警惕的精灵。那瞬间，她脑海闪过一个在心里酝酿很久的觉察：一个人清晨苏醒，睡眠这宝贵的蓄电池为你储蓄的能量是个定量。人一日里做喜欢的事，都是给自己的能量做加法。人只有在做自己不喜欢的事时，才是给自己的能量在做减法。这就是为什么有时候明明看起来很繁重的活干着不觉得累，而有些事情很轻松，做起来却使人心理疲惫的缘故。

她很久没有像最近这么宁静。早晨一睁开眼，就趴在窗前做会儿笔记，或者读会儿书。脑海里一旦有点思绪，就马上打开电脑敲进去。脑子累了，就收拾家。状态奇好。前天和爱人去街上买了好多宣纸，各种各样的颜色，提了厚厚一袋子往回走，她嘴里说奢侈，心里却极其幸福。多好，可以把字想写在哪里就写在哪里。昨天去书吧，她买了一本《道德经》。买回的纸张中有几本是蓝皮，跟抄佛经用的那种本子一样。她回头要把《道德经》一字一句抄一遍，不，想抄几遍就抄几遍。想着把那么经典的句子抄在古色古香的本子上，把字写得整齐漂亮，她就有种特别洁净的幸福感。以前不理解那些书法家为何要抄经，觉得荒唐可笑。现在知道了，这是多么静心的一件事。虽然不写毛笔字，可她一样可以用钢笔，甚至签字笔安静地抄。只是为了安静，为了安静的心。

安静的心，是幸福水塘里荡漾的绿草。但愤怒不同。愤怒、嫉妒、生气、怨恨这些负面灰色情绪就像道路底下的一股暗流，是被按住的魔鬼。它们随时可能伺机而动。只要一个人在自己一天里遇到一点点障碍与阻力，那魔鬼隐藏在身上的不满就开始以各种方式各种各样的话语，把黑色毒液甩向路面，使一个人的道路泥泞难行。假如你对它驾驭得好，就没事；反之，生活状态就可能整个被颠覆。

昨天她和女友谈到愤怒。她们都承认了，在某些违逆期望的时刻来临时，愤怒让自己多失态。她们都期望克制战胜，获得提升。她说："愤怒像火一样在我心里燃开了。烧过我的五脏六腑、肢体皮肤。我纠缠不休，纠缠不休，为别人或自己的错误折磨自己。"最后，她提到观察，和自己的愤怒对话，"当你的愤怒来临时，你问它'你为什么生气呢？'多问几个为什么，听愤怒回答，很快你就会意识到愤怒的回答有多苍白，而且越来越理屈词穷。如果你继续注视，它就会灰溜溜收敛了张狂。"

"你只能觉察它。如克里希那穆提说的那样，觉察心导致它完全收敛。它不怕人间的光，就怕心灵的光。对付它的办法就是察觉它的升起，这比所有的观点判断都来得快。一旦它发生，只要心灵苏醒的敏锐之光轻轻看它一眼，它就会完全回到自己的位置上。"

而朋友则谈起悲悯。说佛家的悲悯心使一个人永远不可能被外物伤害。说一个人错了，是他的无知无明，这时他值得可怜，假如他伤害你，你要同情他。这样的心就使一个人永远无法愤怒。朋友谈起了《坛经》《金刚经》，还极力推荐《楞严经》。她听着，想起网上总用这些话语开导她的那个姐姐。她爱她，像爱妈妈那样爱她。可她不知道何时会和这些文字遇到，至少她暂时没有遇到的渴望。

　　收拾家，放着轻音乐的早晨，她觉得身心因为觉察心的苏醒不同了。也许是因为休假，也许因为她不用和人打交道。可她很快就鄙视了这一理由。明显不是。那种察觉之光像一根绿色蜡烛，慢慢在一个人心里燃亮了，才使她如此安静清醒。她要保护那种光，使它不被黑暗的风吹灭。

　　她的绿蜡烛。心爱的绿蜡烛。

观察·感受·觉知

一、视力

你注意过色盲吗？有些人会黑白颠倒，红绿颠倒。在这种情况下，除非你以去医院要权威认定的方式告诉这个人有病，若和他去争执，是如何也无法让他信服的。还有视力。有些人会失明，有些人会近视，有些人会远视。

不是很奇怪吗？自然界为什么会存在这种是非颠倒、参差不齐的现象？

可人世间的道理都是用比喻写成的。不信，你试看看人们争执的东西。你说政治，我说文学；你说赚钱，我说意义；你说今生，我说来世；你说享受，我说价值。全世界的争斗——口角、怄气、打架、犯罪、疾病、战争，都是观念之战。你认为应该这样，我认为应该那样，你企图说服我，我却要你接受我是对的。若再投射到现实生存中，伤害、犯罪、战争就出现了。

有时感到说教真累。说教者累，听教者也累。索性两耳一闭，谁都不听。因为每个人心里都有各自的引导。从这点上讲，意见不同是对的，每个人到这世界上所要做的事、寻找的答案是不同的，有时觉得固执真是可气可恨，但若他们不固执己见，又能做成什么呢？这哪怕在你眼里看来是错的事，也是他们该走的道路，是各自的业，谁又能帮助谁呢？人，都是消息，是要去显露神谕的消息。老实讲，谁也没有真正的办法。因为牧羊人在放牧着他。

所以坦然。不再为所谓的视力不同烦恼，释人释己。因为所有人所做的事、所说的话，都是一种视力。有些盯着鼻子尖的长度，有些是一米两米，有些是十米二十米，然后数字依次排列下去。有些人是看到了全世界，有些人是看到了全人类，有些人是看到了整个宇宙，有些人是看到了生命之始与生命之终。大家看似矛盾，却各司其职。就像有些是人类这艘远航大船上欣赏风景的，有些是吟诗作画的，有些是船长，有些是大尉。有些掌舵，有些服务，有些掌握航向，有些观察星相，有些研究宇宙。所以，谁有上帝想得齐全？他用视力，把人类的职责内容和使命全限定了。

知道这只是视力，就没什么想不通的。每个人都有属于他的视力，你也有。这是珍贵，且唯一珍贵的。

二、倒影

你注意观察过自己没？你的外在其实是内在的倒影。你性格的形成正是这种倒影的体现。

比如，你观察过饮食吗？

我观察过自己。比如我特别固执，所以我吃东西也一门心思，我就爱吃面条。当然火锅、蔬菜、水果也是我的最爱，但在主食上，我很难接受米饭。比如，我多变，我吃饭也是这样。我喜欢多种多样。我喜欢每种饭都可以用小碟子盛一口，样数当然越多越好。而且，我好奇心极强，所以我爱吃带馅的食物，好像每一口都能咬出一个奇迹。还有行为。因为固执，我特别相信机会是虚掩的门，凡事绝不轻易放弃。每次出门遇车，即使公交车已经离站了，我还会努力跑，拼命挥动双手。我老公绝对不会，他那么按部就班，就稳稳站在车站上等着。为此还老说我。即使打车，我常常不看清楚里面有没有人就挥手，弄得司机停下来，还以为我们要拼座。而且我很情绪化，要是心情好愿意写，我的字就写得很好；要是不愿意，就越写越糟糕。

自从意识到这些后，我才尽力矫正自己的行为。比如，心情特别糟糕时，就逼着自己把字故意写慢，努力写好。渐渐地，心反而平静下来。因为，外在确是可以通过了解内在进行把握的。

三、验证

昨天发生了一件事，验证了托尔斯泰那句话：如同浓烟会将蜜蜂驱赶出早巢，贪食和酗酒会驱赶走全部高尚的灵魂力量。

单位食堂早饭很好。特别是油炸食品，不像外面总是不变的那些老油，既致癌又无香味。我喜欢吃单位的油条，可早晨起不来。后来为了能吃上感觉舒心的早餐——几个小菜，一碗豆浆或一碗小米稀饭，一个煎鸡蛋，一个油饼或油条，我尽量早来。但是，任我来多早，都有比我早的人把油条买完了。为此，前几天早晨我终于来得更早了。这次油条在盘子里满满的，堆得跟小山一样。我心想，总也买不到你，这次就多要点。所以，打饭的问要多少，我毫不留情大声说，要三根！然后，再看看稀饭那么满那么多，又用最小的碗加上糖，盛了一碗豆浆、一碗稀饭。啊，黄澄澄的油条、黄澄澄的煎鸡蛋和这么多种稀饭，显得我是多么的爱啊！我边吃边高兴着。一会儿，一同学过来了。他没打到油条，我就给他贡献了一根。我吃了两根。回到办公室，心里还美滋滋的。

可坐在办公桌前，却觉得昏昏欲睡，什么书也看不进去。真是肉体过于得到满足，精神就不自在。终于挨到中午，赶紧出去逛街消化。否则，那油汪汪的油花好像还在心里漾，把我心田那清澈的水都弄得油腻、沉重、不舒服了。

逛街总有目的吧。买够自己缺少的东西，我想该买几条裙子。这个夏天快过去了，一直没有购物欲望。柜子里没有一件新衣服，以至于觉得自己每天出门都是故人。快季末了，衣服打折很便宜。我买了几条裙子，两件外搭，还有两件T恤，外加两个发卡。下班回家，开始乱搭配衣服。老公回家时，我正拉了满屋子衣服在乱穿。他一过来，我就闪过来吓他一跳。直到他说，别臭美了，我妈在。买这么多衣服，让我妈看见，还以为咱们多有钱！

不就是那么便宜的小裙子嘛，有什么了不起！心这么想，可兴致终归被打消了。但还没有忘记自己的小算盘。这个配这个，这个配那个，那个配那个，我起码有了八身崭新的衣服！那就是说，又有八个早晨是可以觉得自己是新的。

这感觉好。到睡觉前还在寻思着，我应该拣最普通的衣服先穿，等觉得换衣服已经毫无感觉时，再穿最好看的。那么，明天就先用这个新外搭配那条旧裙子吧。

早晨一出来，我顿时觉得自己新鲜了好多。纯色外搭，让颜色很正的绿裙子显得越发翠绿。发卡宽宽的，白色高跟鞋配这身衣服恰好。臭美了一番，我去了单位，遇到的人也一惊一呼。好像，昨天我是多么落满灰尘，多么古旧不堪。我美美地吃饭，又坐在办公桌前，看着自己有些发胖的样子，心想，需要减肥。减肥最有用的是什么？就是每个月都去逛街，因为一逛街，一买衣服，就知道女人多么应该减肥。否则，这么多好看的衣服，都白白为别人好看了。

思绪越走越远。几次把书拿到眼前，看一次，不知道是字看我，还是我看字。再看一次，还是如此。心思不安，因为什么？全因为自己身上的衣服今天是好看的。好看的，就想臭美炫耀一下。原来，我要看进去书，还得朴素纯净的感觉啊。

等我发现美食使我不安时，又再次发觉美服也让我不静了。看来，托尔斯泰又一次对了：过重的衣服妨碍肉体的行动，过多的财富也妨碍灵魂的行动。

人，就得简单朴素到像根黄昏时分田野上的毛毛草一样，才能得到光线充分的照耀。

爱的芬芳

这几天想起杨琪，胸中总激荡起一股情愫，仿佛满山坡的太阳花全开了，金灿灿在风中战栗着，摇来太多光芒。

在一个部门上班多年，和杨琪没说过几句话。只在青年民警助残扶残活动中，见杨琪忙前忙后策划交流，才隐隐听说她有个智障儿子，她平时也做些公益活动。

同事们多不愿提及她孩子的事，仿佛一提及就是对她不公平际遇的雪上加霜。所以当我走向她时，心里甚是忐忑。怕抗拒和戒备，更怕自己不小心就刺伤了一颗母亲的心。

表明来意，外表朴素的杨琪为我倒杯茶，隔着玻璃照进来的光她笑盈盈抖出话题：我早都没这种心理了，是大家敏感总怕伤害我。我若不能面对这些，又怎能跟孩子一起成长，去为残疾人做些事呢？

杨琪开朗的心胸出我意料，她的描述渐次铺开，我的感慨则多次涌起：人对事物所持的观念，比事物本身重要一万倍。一切事物都是中性的，就看人能否活出它积极的一面来。

17 年前，杨琪生下的儿子被诊断为唐氏综合征时，她也软弱矛盾过。只要像很多父母稍多考虑一下自我幸福，她就能在众人的理解下放弃孩子。但她心中的爱似乎太强烈，总也扑不灭。她没被摧垮，而是坚强面对。孩子从小体弱多病，她与医院为伍；孩子需要更多照料，她起早贪黑忘记自己；孩子发烧需要输血，她毫不犹豫伸出双臂。她要做个坚强的母亲，还想做名优秀的警察。尽管有次执勤，没照顾好孩子，导致儿子病情发展到心衰生命垂危，她执完勤赶到医院，看见抢救情景顿时晕倒在抢救室前。可那些艰难，杨琪扛过来了。

智障孩子的教育需要付出比正常孩子多无数倍的心血努力。一个拼音，正常孩子只需要教几遍，但智障孩子需要几千几万遍。正常孩子吃喝拉撒上学前就基本可以自理，可智障孩子很多一生也未必能达到。杨琪的耐心也有限过。《西安晚报》记者刘辉和他所报道的关于智障孩子母亲黄海英的先进事迹，最终感动鼓舞了杨琪。她心怀"精诚所至，金石为开"的虔诚，一点点，一遍遍，一天天，孩子成长虽然像慢镜头，却最终在惊喜中有了明显收效。2005 年 6 月比利时国王和帕奥拉王后来西安时，还专程来到某机构，为她儿子过了 12 岁的生日。

但在孩子入学问题上，杨琪受尽了世俗排挤。从小生活在这个城市的她从没想过，学校会有一天在她眼里变得珍贵起来。儿子三岁后，当所有公立私立幼儿园都不接收时，她才强烈感受到社会对这类孩子存在的不接纳。多少次走过幼儿园和学校时，她都能听见内心强烈的声音：什么时候这扇门能为我孩子打开？很多次走在路上遇到家长接孩子的情景，她都会呆呆站着，在人家的背影里充满期盼与心酸，什么时候自己能享受到这一幕？第一次把六岁儿子送到幼儿园时，那种心情也让她终身铭记：我终于也是接送孩子家长中的一员了，能站在这个队伍里，我多么光荣自豪！从小到大，多少家长都把起早贪黑接送孩子当负担，可在杨琪眼里，那一寸一寸的路都是幸福之光铺成的，能让孩子去上学，那不是天大的幸福吗？

幸福是什么？常人拥有而不自知，杨琪得到一点就感恩备至，到底谁幸福呢？那些没有觉察力的心，整天抱着金山哭泣，是不是等同把宝藏变成垃圾？人多么该珍惜拥有，而每个懂得珍惜的心，都能因爱而活出未知的荣耀来。杨琪就因为这份格外的知足和珍惜，最终得到了上天的眷顾奖赏。

在黄海英的帮助下，杨琪儿子进了一所幼儿园。周末她带孩子去楼下玩沙坑时，只要他们往沙坑一蹲，许多家长就跟遇到瘟疫一样，拉起孩子就像鸟儿一样惊飞了。幼儿园里，家长也觉得东东太大，和自家孩子坐不安全！杨琪去交托费时，前面就有家长跟园长争吵，说六七岁大的孩子不适合进幼儿园！

遭受过太多歧视和冷眼，杨琪也永远细数着人情温暖。她记得园长驳斥：我这个幼儿园，不是为谁一个人开办的，收什么学生也不由家长说了算！还有儿子的班主任翁老师。六岁儿子拉屎撒尿不能完全自理，冬天弄脏裤子是经常的事。为此她在幼儿园每天都放十条棉毛裤，三年里儿子不知道引起过多少这样的麻烦，但翁老师从来没有一丝厌恶。甚至，当东东因座位问题被许多家长抗议时，翁老师当着所有孩子的面把东东桌子移到前面，并宣布：东东，从此你和老师是同桌！

杨琪说她很感激，一路上总能在关键处遇到好人。我盯着打卷的绿茶在水里翻涌，想：到底她有一颗善良感恩的心，还是真遇到的帮助比常人多？

2004 年杨琪开始回馈社会，她把业余时间全献给公益事业。她先后组建筹备了特奥家庭支持网并担任秘书长，多次策划组织开展了家长座谈会、特奥活动、助残日等大型活动，并以自己的经历说服更多家长带孩子走出封闭。接着，在残代会上她当选为市智力残疾人及亲友协会主席，2008 年参加全国特奥家庭领袖论坛。在她和诸多家长的呼吁下，

2010 年 9 月，西安市第一所公立智残学校诞生。2007 年 9 月，她在上海参加代表了全球最高级别的第十二届世界夏季特奥运动会全球家庭领袖峰会。

我曾在想象中无数次还原那天的情景：上海香格里拉大酒店豪华西餐厅里，肯尼迪·施莱佛女士举办的家庭晚宴上，那些最杰出最高级别的贵宾里，坐着这样一位女子。她平和内敛，身着红白相间的连衣裙，脸上挂着浅浅的微笑。她的心在那天回望中，是如何重新看待了这些年的遭遇呢？

我问杨琪，她说感谢孩子，是孩子让她成长。

我说，你不知道自己这份超越和活出的博大有多珍贵。

我只是觉得自己爱孩子多一点。

是多太多，太多太多。

她笑了，点头很轻，仿佛草叶一弯腰洒落身上的露水，随即恢复了宁静。可我却从那朵明澈中，看见无数缕可以被很多人分折，拿在手中照亮自心的光华。

反面在提醒什么

如何接纳不喜爱的事物，即你的对立面，这点最能体现一个人的智慧。

很明显，艾略特极有智慧。他早年不喜欢甚至很反感歌德，甚至曾对歌德下过很低的评价：

"关于歌德，或许可以说他对哲学和诗歌都有所涉猎，但在这两方面都没有多大成就；他真正的角色是熟谙世故的哲人，可以说是一个拉罗什富科、一个拉布吕耶尔，或一个弗威纳格。"

但随着入世和阅读渐深，他对歌德的认识发生了很大转变。从他后来写给歌德的文章中可看出，他把歌德和但丁、莎士比亚列为历史上最伟大的三个欧洲人。他说，"克服反感——尤其是对歌德这样伟人的反感——是对自己心智的局限一种重要的解放""几年前，我开始意识到我最终总得努力与歌德和解：主要不是想弥补所作的不公正评价——因为这种错误自己犯过很多，毫无愧怍——而是因为我不愿错过一个自我发展的机会，错过了那才是真正的罪过。抱有这种感觉已经是一种重要的

179

让步"。

不愿意错失一个自我发展的机会！艾略特不愧是位伟大的诗人，他有多了不起的觉察力！

这段阅读让我想起半年前读黄灿然的一个访谈，他提及自己对普希金的接受过程。据说，喜欢上普希金前半年，他还在一个朋友面前骂普希金，后来他才意识到，"不喜欢"可能是还没"喜欢上"。甚至当他发现普希金的好并深深喜爱普希金时，他说我将如何报答普希金呢？那就是——将来如果有一位读者像喜欢普希金一样喜欢我，我写作的意义就成立了。而他后来不仅喜欢普希金，连普希金的对手波兰诗人密茨凯维支都很喜爱，并写了长达万余字的文章《密茨凯维支与普希金》，考证他们之间的关系。那篇访谈最后他说道：关于经典作家，我可以肯定地说，凡是流传数百年数千年的经典，绝对都是好作品，我们如果读不进去，就是我们自己有问题。另外，我认为，读经典作品是一种能力。

读经典是种能力，周国平也这么说："经典虽然属于每一个人，但永远不属于大众。读经典的轻松绝对不同于读大众时尚读物的那种轻松。每一个人只能作为有灵魂的个人，而不是作为无个性的大众，才能走到经典中去。"可即使一个有灵魂的人，你能读进去此经典，可能又读不进去彼经典。从前，甚至就在我没写这篇文章前，对于凡是我不爱不能接受的，任他是多么伟大的大家都可能出言不逊。但突然我明白到，阅历、层次、理解力、年龄、个人气质等任何一点不到位，都可能导致你和一个极好的作家失之交臂。就像风景虽然美如斯，但让你发出大美的赞叹，却必须脚力心力都够走到那个观景台——也只有在那个对位的点，你才能领略到一个作家、一部作品何以流传百年千年。

其实，琢磨这些问题，也是一种自我观察。就像艾略特一定问过自己为什么反感歌德。这种自身观察，的确可以让自己的心智局限得到解放。因为不喜欢的书可以不读，但生活中不爱遇到的事还会经常遇到，不喜欢的人还得相处。这些逃不掉的跨栏、这些反面的事物永远都在。这难道不是让你反观自己哪里出了问题，所以才导致被围困？

女作家霍桑说："你若能习惯于跟一些和你不同的人相处，由于他们无视你所追求的东西，你就不得不放下自己所关心的一切而去了解他们的生活和他们的才能，这对于你的道德修养和知性健康来说都是很有益的。"而聪明的歌德则一眼就看出，"我们赞同的东西使我们处之泰然，我们反对的东西才使我们的思想获得丰产"。

阿门，当遇到那些不喜欢的人事时，若这种思维能有一刻钟蹦进脑海，那就是光线降临，困境和烦恼肯定消失。

而其实，艾略特写《哲人歌德》那篇文章谈及读书三阶段，也就是认知三阶段，这段话很形象地说出了一个人在对读书的觉察过程中，如何从半圆长成天心月圆——这其实适合于人在任何事情上的成长。

第一阶段，对一个接一个作家如痴如醉，只要他们的书能满足我在那个发展阶段的本能需要。在这种富于激情的阶段，批评机能几乎完全沉睡，因为还根本不能将作家与作家相比较，不能完全意识到自己与自己欣赏的作家之间关系的基础，不仅品级观念非常薄弱，而且对伟大也没有真正的理解。

第二阶段，随着阅读面的扩展，人便会越来越多地接触到最好的诗人和散文家，同时也获得了对世界更深的体验和更强的思考力，而他的欣赏趣味也会变得越来越宽广，情感越来越恬淡，思想越来越深刻。在这个阶段，开始发展批评和自我批评的能力。然而虽然此阶段能欣赏、理解品评各式各样的文学及哲学杰作，但有时我们无可避免地仍会对某些地位极高的作家感到反感。

第三阶段，也就是成熟阶段——或开始探寻阶段，探寻为什么我们不能欣赏那些为历代人们——而这些人的鉴赏水准跟我们一样高，甚或还高于我们——所喜爱的作品。当一个人试图弄懂他为什么未能正确地鉴赏某一作家时，他不仅是在试图理解那位作家，而且也是在试图理解他自己。因此研究自己不太欣赏的作家是一种非常有价值的经验，虽然常规的思维限制了这种经验：因为没有任何人有时间去研究那些他从中不能得到什么乐趣的伟大作家的作品。这种研究过程并不是力图欣赏以前所不欣赏的作品，这是为了理解那部作品，并与此作品相联系而理解自己。如果人们有这种享受的话，这种享受也只会作为理解的后果而来临。

反面事物是我们自身的倒影。它可能比容易接纳的那些事物更能告诉我们自身是什么，一个整体的圆是什么。可悲的是，能觉察到这些的人很少，能意识到这些的人真是太蒙垂爱。而这些智慧的人也像金子一样，被历史为我们留了下来。

水的故事

　　冬天的一个早晨，还没进办公室，白湾子派出所所长孙宝强就把所里的井盖揭开，看看水窖里的水量。

　　这恐怕是白于山唯一没加锁子的水窖了。吃水，向来是白于山区人的大事，所以老百姓的水窖盖都用一把锁子锁着，怕有人偷水。白于山吃水艰难的故事有一个在民间广为流传，据说即使是红军当年进入定边，农民宁愿给两碗小米，也不愿给一碗水。

　　这传说真不是假的，对于出生在白于山的孙宝强而言，童年记忆就是一本关于水的苦难史。孙宝强八岁那年，因为母亲病重，自己偷偷帮助母亲洗衣服浪费了好多水，为此受到父亲批评。后来又偷拿给母亲打针用的注射器打水玩，挨了父亲的板子。十岁那年，整整一个夏天没有下雨，村里很多人已经到30多里地外拉水生活，但一天夜里突然雷鸣电闪，下起瓢泼大雨。哥哥们都不在家，母亲已经去世，也正因母亲去世受了打击，父亲病得已经没有力气下地。他只得冒着打雷闪电去收雨。第一次迎着雷电收雨，瘦小的孙宝强也害怕。可是，雨是全家的命根子啊，孙宝强在胆怯的同时，又有一种终于可以替家人做点事的高兴。在脖子上挂一个手电，拿上一把铁锹，他一口气跑到距家500米左右的水窖处。漆黑的天空不时被闪电划破，怒吼的阵阵惊雷考验着少年的胆量，孙宝强顾不得多想，拨开水沟后蜷缩在水窖旁，任凭雷电激荡。到后来，专注和兴奋让他渐渐忘记淋湿的衣服带来的寒冷和闪电划过打雷怒吼时的害怕，只是希望雨一直下，把这片干涸的土地下透，把自己家的水窖注满。雨下了2个小时，孙宝强足足收满了两窖水，那次病榻上的父亲露出的笑容，几乎是童年父亲留给孙宝强的唯一笑脸，令他终生难忘，可是，淋了2个小时的孙宝强却发了一场高烧。

此刻孙宝强在水窖旁蹲了足足有十多分钟，他像赏花一样欣赏着昨天刚注满的水。一车水800元，可以装30立方米水，够全所用7天。一般送水的都是周末来，孙宝强趁着水满，用勺将上面的柴火等漂浮物舀去，水汽打上来，那种充沛让孙宝强脸上有了心满意足的表情。据说十年前有人到定边上班，看见老乡家的水窖上漂满羊粪蛋，中午吃饭时就决定吃馒头。有人说，馒头也用的是这水呢，来人只好一吐舌头。这几年，政府搞了"甘露工程"，给白于山区免费修建集雨场，给家家户户硬化200平方米院落，用来蓄水，并且给配套水窖增加补贴款，但定边的水依然很少，甚至仅有的水质也因为氟严重超标，导致人腿疼腰疼，牙齿早早脱落。所以，自己能用上这么好的水，孙宝强已经对所干的公安工作有着一种由衷的感激。

刚起身，就有人打电话报案，说是两个老乡为兑换一瓶水，大打出手。安排好教导员和民警去出警，孙宝强心里挺不是滋味。白湾子所案子不多纠纷多，这里人很容易因水发生纠纷。为了得到水，嫁姑娘先要看水窖几口。每逢娶媳妇嫁女儿的大事，对于娘家送亲的大客，主家能端上一盆热水加一条新毛巾，让他们先擦擦土尘然后再吃饭，就是最好最上乘的礼遇。为了能得到水，甚至住房选址，也要先看合适不合适建水窖。这不，最近他所里正在处理的一个打架纠纷，民警处理不下来，也是哥哥在自家的宅基地准备建房子，被弟弟挡住，理由就是哥哥盖房的位置，正好是自家水窖的集水路，为此亲弟兄俩都打了一架。

孙宝强琢磨着如何用感情说服哥哥和弟弟都让一步，他对他们没有任何偏见，甚至对兄弟俩的处境充满同情。人说派出所的门难进，脸难看，可孙宝强觉得，在白湾子所就不存在这问题。看着这里的父老乡亲生活得那么艰难，多半都是本地子弟的民警们也有着一种强烈的共鸣与朴素的同理心。

孙宝强正琢磨着在纸上边写几句，外面就落雪了。孙宝强从小就不喜欢下雪。因为白于山的人不仅收雨，还要收雪。收雨危险，像在上天眼皮子底下偷盗。但收雪则无比辛苦。雪总被风吹到山坳里，要走很远的路，再用木锹或扫帚将雪堆积起来，用筐子背过去。待几天后雪凝结成半冰状，然后再用绳子将雪块勒住，投进水窖。定边的温度在最冷时会达到零下 30 多度，尽管戴着棉帽棉手套，但还是会把耳朵和手脚冻烂，整个冬天化脓疼痛。所以在童年的记忆里，白于山的孩子没有堆雪人打雪仗的乐趣，反倒害愁下雪。

如今所里日子好多了，但大家都有着天然的节水意识。比如此刻地白了，来人走路都小心翼翼起来，想着留点干净的雪，化了可以洗东西。脏一点的雪扫起来，可以浇后院的菜地。孙宝强记得有次下雨，所里同志用脸盆水桶收雨水，有个办事的群众出来，看见落雨和干警说：我如今到南方工作了，还是舍不得用洗衣机，舍不得浪费水。故乡的水是金子啊。洗脸洗衣后的水又作为牲畜的饮水，给水少量加点盐巴，羊或驴马等牲畜不会嫌弃。故乡的人、牲口和庄稼都可怜啊。所以我不敢在外地浪费水，唯愿雨水在这片土地上多落点。

他说这话时，弯腰向着地上的雨水蹲下去。仿佛是祈祷雨落得多一些。

孙宝强想想那情景，眼睛也湿润了。所里的兄弟们，包括自己，一辈子也没一个体会过用洗衣机洗衣服的滋味。可那又有什么关系呢，想想过去，如今这日子也算掉进福窝了。

了解的果实

　　每一个词语都是一棵树，有花叶枝干和根茎。一般人对词语的了解很表面，也就是浮皮潦草的花叶层。这不是不对，但肯定不全面客观。比如"了解"这个词，我从字面瞎琢磨这两个字，半天也没弄明白，但到底是明了之后，"了"了"解释"，还是更深层的，一旦知道了就完结了，明白再也不必解释？后来我就查百度给出的词意："了"的意思为认知，就是知道和清楚。"解"为明白之意，明晰"了"之事物的种种相关性，为之"解"。——这个词义解析一看就明白，可认知是一个多么宽泛的领域啊，人有可能认知清楚，或者说人如何能认知清楚？

　　之所以跟这个词杠劲，实在是自己不了解"了解"二字。从小就认真读书，觉得人被无知的存在状态覆盖着，需要摆脱。觉得人被看不清的死亡威胁着，需要弄清。我如此拼命努力学习，其结果真如苏格拉底所言：我唯一知道的就是，我什么也不知道。

　　当然，也有人会嗤之以鼻，觉得你啥也不知道，咋回家，咋工作？是，在某些程度我有某些知识上的知道。可假如说在宇宙中地球就像一颗黄豆，我连这黄豆上的一个细胞也了解不全。最可怕的是，仰望天空，无知黑洞洞的。俯视内心，不可见的光芒还是黑洞洞的。即使收回目光，别想得太远，可最亲的人之前怀着相爱的好心，还是制造了许多彼此折磨的痛苦。我不知道他的内在，也不知自己为何在该做好时，由着心情做坏。——我怎么了，他怎么了，我们怎么了？究其原因，好像我们从来无法相互了解，甚至都不能自我了解。似乎，我们啥也不曾了解。

但假如回到啥也不了解这个层面上，我就有了敬畏。我就不敢言之凿凿地判断什么，我就把我给人下的那些结论开始收回，对那些斥责和愤怒感到不安。因为事情有一万种可能，未必是我想的那种。即使真如我想的那样，试看看我自己，也漏洞百出，前后矛盾。可惠特曼不是又说："我自相矛盾，我包含一切！"

我自相矛盾，身处二元（一切对立即二元）这没啥，别人自相矛盾前后不一，也没啥啊。再说了，仔细看自己就知道，人这东西，根本就是一条河流。你笑话他碰到石头，一时间飞沫四溅，但站在整体视野中的人知道，这种坎坷与磨难也是一种美，何况一拐弯，他又别有风景。所以，你妄图定义一条过去的经历已经陷入虚幻，未来还看不清的河流，那是不可能的。甚至，你看着此刻的发生说，他就是这样。但他下一刻就变了，你的定义又把你嘲笑了。所以，事实是什么，事实就是赶紧闭嘴，学会向未知臣服，敬畏存在，敬畏当下的每个发生，从流动中学习，而非以为你能知道点什么。

由此可知，了解这个词深入下去，和了解没啥关系，或者说，深入了解之后，你就会发现没必要了解，因为你再了解，也了解不到啥。或者，你一定要探源，也只会发现了解这棵树开花后最终的果实竟然是——啥也不了解。

事物完全长在自己的对立面之上，连一个词都根植在它的反义词之上。那么，你还想了解什么？或者就是无所谓了解和不了解，只是信任地经历享受观察，由着存在把你顺水漂流？

假如你安于自己的无知，假如你把这种无法知晓的感觉往深再走，你可以看看在你之上的发生，那些离奇的想法和莫名的思绪。你如果看下去，终会把它看空。然后在这空无的感受中，你会触摸到源头。你什么都不了解，也不可能真正知道。但你被存在安排着，你却可以十分放心。这种信任感一旦建立，你的视野便上岸，抵达全然。人生的一切，就由此展现出不一样的活法和篇章。

所以，单一的词语往往只具有表面意思，触到泥土找见根基，一切词源才会有真正的意义，还会结出不一样的果实。比如，从一个单词"了解"开始，了解到自己不了解，再安于不了解的这种混沌，一颗心，一切人生的事才会重新落地生根。

散文的去中心化

形散神不散，这句话快成俗语了。近日闲来无事，我把胳膊伸进"形散神不散"中，将这五个字套在身上，想亲身体验下这套组合的正确性。我发现我的形还挺散，比如胃在消化，鼻在呼吸，眼睛在看，它们各被各命令着，各自有神。我用目光又在自己身体上扫视一遍，看到一个在晃动的虚词：六神无主。是的，把心肺肝肾脾数一数，我这形上已经有了六神命官。可神不散，是哪尊大神主司没散？

不够尽意，又查了查"神"这个字。原来，东方科学和中医将神称为"机"或"枢"。机和枢都是指门轴，在开关门时，人只能看见机枢的形，看不见推动机枢运动的神。但由此得到结论：形离不开神，神离不开形。那么，又如何能形散了，而神不散？而关于神，易经道："一阴一阳谓之道，阴阳不测谓之神。"即神有不可测不可把握性，这么说神不散，又是谁在并能把握？

为了搞准确，我又查了查古汉语常用字典，发现"形散神不散"的"神"字，符合古汉语词典第三个注释——精神。但在这个"精神"注释下，引申注释是《荀子·天论》中一句：形具而神生。就是说形体具有了，精神就产生了。这真有意思，形体散了，神还能不散？为了穷尽字义，我百度了一下，发现这个字果真很神，连造字法都是会意象形兼具，看来关于这个字，人们是拿不准的。且从上到下的解释就是远古神话，全凭想象。我看到基本字义的第一条："神寄于心，牵引心，给心以法则，使心认识本体。"

看来"神"这个字，根本不能直说。但假如说神寄于心，说不准神，我们可以说说心。关于心，《楞严经》中有一段经典的"七处征心"。讲的是有一日佛陀问阿难，为何要出家。阿难说，我看佛三十二相胜妙殊绝，形体映彻，能够散发清净的光明，所以出家。佛陀说，你用什么看到的？阿难说，我用眼和心看到的。佛陀问，你那能看的心在哪里？阿难说，在我身体里。佛陀说，你在祇陀林的讲堂中，放眼望去看到了什么？阿难说，先看到屋内的如来和听众，再往外看见那些林园。佛陀说，如果你先看到这屋内，那么你在身体里的心，也应该先能晓得你身内之物，为何你看不到你的五脏？阿难说，那心就在身体外。佛陀说，那你为何看不见你的脸？阿难绞尽脑汁道：那么心就应该在眼底，就像被一个琉璃碗盖着，眼一看心就知道。佛陀说，如果这样，就像一个人戴着眼镜，可戴着眼镜的人是可以看见眼镜的，为何你的心看不见你的眼睛？

七处征心讲三处就够用，这段话不参与任何神秘非常科学，是我们最习以为常却观察不到的盲点。我们都说我们有一颗心，可佛陀向阿难征心，这心都不在身体里，还被阿难说成了在身体外，这实实在在的我们自以为有的心，都飘忽起来，那么，神寄于心，不在身体内的心，又如何认识神这本体？

所以说，我们太容易随便动用一个字词，却搞不明白它的真意。何况还能让"形散神不散"这个俗语，统领散文写作这么多年。虽然肖云儒1961年在《人民日报》提出"形散神不散"后，而1985年贾平凹在《文艺报》上发表文章就对"形散神不散"提出批评，林非在 1987 年第 3 期《文学评论》上发表论文《散文创作的昨日和明日》，旗帜鲜明地对"形散神不散"提出尖锐批评，在文艺评论界引起震动。1988 年《河北学刊》发表了四篇关于"形散神不散"的争鸣文章，当时的《文汇报》对此做了报道，不久文学评论界即形成共识。至此，多年来曾被人们深信不疑的关于散文特点"形散神不散"的概括，终于被赶出文坛。甚至，2005 年 6 月的《美文》肖云儒先生承认了"形散神不散"的局限性，在《"形散神不散"的当时、当下和未来》中写道："44 年前我是大三学生，斗胆投稿《人民日报》副刊'笔谈散文'专栏，写了那篇 500 字短文《形散神不散》，接着别人的意思说了几句即兴的话。在名家林立、百鸟啁啾的散文界，这几句话是连'灰姑娘'和'丑小鸭'也够不上的，不过就是一只跳蚤吧，不想，渐渐在文坛、课堂和社会上流布开来。"肖云儒都自己承认，形散神不散，是一只跳蚤，可这个跳蚤因为是一只耳熟能详的跳蚤，还会从某些人的耳巢跳进舌尖，所以，得找一阵清流来淹一下这些跳蚤。虽然让散文向它一直在走，但从不敢承认在走的方向上大胆走一走。

我逮出了一个流行语，叫去中心化。去中心化源于自然科学中的生态学原理，因为大自然的演化没有恒定中心，整个生态社群表现为去中心化。而百度对这个词这次解释得很准确：不是不要中心，而是由节点来自由选择中心，自由决定中心。简单地说，中心化的意思，是中心决定节点，节点必须依赖中心，节点离开了中心就无法生存。在去中心化系统中，任何人都是一个节点，任何人也都可以成为一个中心。任何中心都不是永久的，而是阶段性的，任何中心对节点都不具有强制性。

这个很符合天然的自然观，科学观，存在观，宇宙观。而我能接纳这个词，也是在自己身上身体力行过，并观察过其存在的正确性。前一阵堂妹结婚，我坐车回老家。长途车说好的时间，也被司机想多拉几个人的愿望耽搁了。我和家人说好的时间，眼看赶不上了。各种情绪开始按捺不住，在身体里涌动。尽管提醒自己，你着急也不能让车随着心意飞回去，可目标搁在几十公里之外，我就是为抵达不了有点着急。知道愿望在压迫自己，于是我闭着眼睛观察自己。感觉自己像一把快被拉弯的弓一样，总是想发力把愿望的箭射中目标。其实那支箭并不在自己手中，而在司机手中，可情绪却把我的身体当弓箭不时压弯。那一刻我才明白克里希穆提为何一直喊要去中心化，要没有目标，没有焦点。有个焦点，焦点就着火了，有个目标，就陷入了一叶障目。有个中心化，就会沦为中心物的奴隶，无视周围更多存在。而这些，在爱情中，在亲情中，在事业中，在一切生活里的小事中存在，只要我们做不到去中心化，就不可能活得舒心自在。

　　我心理学老师还给我讲过这样一个故事：他说年轻时自己是西医博士，却因为一次误诊心肌炎，让他以为自己会英年早逝。由此患上了抑郁症，又由抑郁症转学了心理学，从此他对西医不再那么信任。他对我讲过的一件事，很能说明中心化形成的盲区有多大。他说军医大每年都要从国外进口很多先进仪器，来了都先给他们这些大学教授试用检查一下身体。有一次有个仪器检查完，说他肝上有阴影，可能得了肝癌。回家告诉师母，师母非常着急，让他第二天去做CT。他说我不去，我就这么被你一咋呼，带着紧张恐惧去做CT，白细胞和血液都往那里涌，做出来肯定黑乎乎的，这样一来，又说CT有问题，还让我做造影。一来二去，造影也必然被恐惧搞出问题，我没病就真病了。而他那次没去，后来再去体检，果真肝也没有任何问题。

　　中心化的弊端，在身体上表现得最为明显。去中心化，就是放松，就是不要那么多紧张，这样才能看得更清，没有太多盲点，相信自然而然的发生。而提及医学，最近沉睡多年的中医被大力宣传，在中国拥有多年话语权的西医权威地位开始动摇，也是一种去中心化。中西医最大的区别就是中医把人当整体，它不会动不动就切割人的器官。西医因为划分太细，反而看不到人是一个整体。所以当我们寻根溯源，各种学科上的划分是不是也应该向中医学习，不要因为划分忘了当初为何建立这些学科，因为太多人深陷学科，而对别的领域一无所知。而互联网时代的成功者，都是因为他懂得跨界整合。那么，文学作为学科划分的重要一支，也一再地强调什么是诗歌，什么是散文，什么是小说。其实一切学科都是为探索真理存在的，文学就是为了阐释真理之道而存在的。写得像小说像散文像诗歌或者像文学，这种说法都是可疑甚至可笑的。《道德经》《心经》等，谁能说清楚那是诗还是散文，却流传了这么多年，比任何文学作品解读版本都多，对后世影响都大。为何，就是因为真理含量高，做到了文能知道，文以释道，以文载道。但我们举目望望今天的文学，大量写了跟没写一样的文章，净是文章之形，而无文章之质。在这种无关痛痒，充满无知无聊感的文章泛滥文坛时，我们是不是应该先放下体裁切割的标准，让文字把质实担当起来？

去中心化，是因为整个宇宙就是一片无边界的物质组成的，没有中心点。按照今天科学研究，宇宙没有空间上的中心概念（五道口除外），星球之间通过引力等作用互相连接成一张网络，任何一点都可宣告自己是宇宙中心，霍金甚至还说："大爆炸发生在每一个地方，这里没有'爆心'……每一个星系群看起来都在远离我们而去。如果有一个观测者在这些遥远的星星上回望我们，他也会看到同样景象，也可能同样地以为自己位于扩张的中心。"

去中心化这个词之所以流行，是因为网络。网络发展到今天，把无数传统的媒体形式不管人为感情地淘汰了。这个产物的出现，其目的也是为了人更好地转变思想进化自身。因为，信息闭塞了，媒体也无法一家独大，每个人都成了自媒体。谁也别觉得自己是那个中心点，但谁都是那个中心点。全面理解这些，真的需要我们的认知不断开阔，升级。

去中心化还是一种心灵的全面打开，分割法的偶尔放弃和本源的不断回归。于人自身而言，去中心化是没有焦点的放松，是人法天地自然的归属与信任。对于今天大量文章还没有摸到天地大道，远谈不上文以载道，为天地立心，放一阵"去中心化"的清流，灭了那些"形散神不散"的跳蚤，对当下真的很有必要。

"看见"与"可曾看见"

　　"看见","看"取使视线接触人或物之意。"见"呢,是看之后思所抵达之处。这么把玩这个词语时,我正走在途经高新区的高速路上。举目窗外,迎面而来的是无数高楼形成的水泥丛林。我的视角打过去,截取的总是各色楼体的一面。因为对其中熟悉,我知道这个横截面后面,还有看不到的三角形、长方形,甚至各种不规则图形的楼身。各种道路就更是,在其中错综盘绕,绝不是我一眼就能够想象得出的,这还不算其中时刻在变化的人与物。但眼之所见呢,就只是一百八十度的平面图。之所以能感觉到它是立体的,是因为我去过这张纸的背面。所以对于此刻的眼前,看是看了,见呢,我没有,因为看那么简单,见复杂到我不能说我见到了什么,因为我无论如何去见,也都是一百八十度的受限。

　　这是一个清醒到不涉及我任何情绪和内心的理性看见。但更多时候的看见,那就很复杂了。很典型的就是我曾经读过一则心理学案例,说有两个女人在公共厕所遇到了,相互打了招呼,彼此印象还很好。结果上厕所的女人一进去,发现抽水马桶上都是水,她就开始想象,刚才见

196

到的那个女人原来是男扮女装的变态狂，所以是站着解手的，才能把抽水马桶都弄湿。她原本等着自己赶快上完厕所，出去收拾这个变态狂。结果自己上完厕所，一按抽水马桶，马桶忽然溅出的水，不仅弄湿了自己衣服，也把自己擦干净的马桶座再次弄湿。这次，她才发现看见的不是这个女人，而是不断浮现在自己头脑中关于这个女人的想象。

我们有多少次这样的看见啊，多少亲人一辈子甚至都是这样，遇到自己的期待，遇到自己的理想，用这个想象折磨真实的人，而不能接受真相。因为真相是比头脑里的东西更灵活，更真实的东西。它需要看到的人保持百分百内心的开放，放下一切期待与设想，才能看到那条随时在变化的河流，看到它每一滴水的灵动与美妙，也看到其中的破碎与无常。所以，看见是至为艰难的，它不仅仅需要眼睛，它更需要不断学习，需要把学习的东西变成自己感知存在的能力。

关于看这个问题，不如回到眼睛上再说几句。据研究得出，可见光是指在 $400 \sim 760$nm 之间，可以被人感知的波长。知道这个，这个不应该就是一个数据和定义，而应该是一种感知能力增加于我们，那就是，那没有框定来之外的是什么？那些紫外线、红外线、远红外线等不可见光，它们看不到，我们就能认为它们不存在吗？可是动物看到的，和昆虫看到的，就是和人不一样啊。狗眼睛的世界是黑白色，很多虫子能看到红外线，蜜蜂能看见紫外线，以它们的目光感知，这个世界将会变成咋样动感的一种存在啊。所以，我们看，不能光用自己的眼睛去看，还得借助这些知识测量告诉我们的，把它们变成我们感知世界的触须，如此闭上眼睛用心去看，我们的视野才能扩大，视线才能变远，感知度才能增强，否则，将会永远与真相失之交臂。

眼睛这个波长告诉我们，人的目力所及是受限的。面对迎面而来的事物，我们能看到的，只是一个一百八十度的平面图，对于图后面的，我们不可知，对于三百六十度全方位那剩下的一百八十度，我们更是不可知。看尚且如此，如果有个见，那就更是看不到了。所以自我受限这个词，自己必须时常提醒自己。就像苏格拉底说自己的，"我唯一知道的，就是我什么都不知道"；就像老子说的"五色令人盲，五音令人聋"；就像《心经》所讲的"无眼耳鼻舌身意，无色声香味触法"，因为一旦有，并且执着和难以放下这个有，就是受限。而有人对此说得更狠："整体是善，局部就是恶。"那么，"他人即地狱"这个词或许还可以这样解释：当每个个体看到自己和他人分割开时，地狱自然就产生了，而一旦看到融合，天堂立刻就来照耀。所以"看见"这个词，常常仰仗于知道。知道，则源于懂得问道，学道，归道，时时处处与道合一。甚至看见经常源于与看不见的连接，懂得所见即局限，如此，才能放下有限之自我，连接本源之大我。

其实，科学已经证明时空是不存在的，如果是时空不存在，那么如此认真切分着我们生活，度量着我们生命的时间，也就是一个虚得不能再虚的虚词。而最新科学研究又说，我们看到的很多东西是事物在三维空间轴上的投影。时间空间都不存在，看到的东西还都是投影，这么说来，我们执着的文明，人类的种种构建，是不是也突然变得松动塌陷？《楞严经》中道："一切世间山河大地，生死涅槃，皆即狂劳，颠倒华相。"也就是要一切你认为真真切切的山河大地，生老病死，都是眼睛看久了出现的劳目虚华，就是你眼睛在疲倦时出现的那个虚影。这个理论，和科学说得相差近千年，却也不谋而合。如果存在建立的基础是这样，那么一切思想史可能都是捕光捉影中的捉影，一切文明史就更是盗梦空间中的叠梦。一切皆流，无物为真。可是，我们总是要建立在更为真的基础上构筑这一切，才不可能坍塌。所以，如何看到，咋样去看，就显得尤为重要。

而关于咋样去看，看与见的问题，《楞严经》对我影响最大。我曾读到下面这段，驻足很久，明白我所见非真："且汝见我，见精明元。此见虽非妙精明心，如第二月，非是月影。"后来果真老师给我解释是：你所见，就是经文后面所讲的"菩提瞪发劳目，于虚空别见狂华"，明白后一阵狂喜。后又琢磨到，看可以是单纯的看，以为通过看能够有个见，就是知见立知，无明之本。其实《楞严经》中涉及"见"字的经文读上几段，就会明白为何老子说"五色令人盲"了。"见明之时，见非是明；见暗之时，见非是暗；见空之时，见非是空。见塞之时，见非是塞。四义成就，汝复应知：见见之时，见非是见。见犹离见，见不能及。"既然真正的"见"，都是离开"看"这个字的，甚至常常会被所看蒙蔽，那么，你能以为生而为人，你通过自身能看到什么？

"眼睛是心灵的窗户"这类貌似熟语，其实说得更不堪一击。眼和心的关系科学至今尚且说不清，甚至就是让人找找心，也都是妄心作祟，又如何能把眼睛与心灵扯上关系。甚至对看见这种我们天天在用的词穷究一下，都会发现视而不要见反而是对的，看如果有见，常常就是被自己的一孔之见所遮蔽。那么以为自己能看见什么，根本就是笑话。人，从不曾看到任何一物，假如它不从认识自己，不从真实地把每个词用自己的身心，不附加任何人解释的实践测量一下，他就不可能认识这个被自己反复使用的词，那么他和真实世界之间，就有着被使用，但永远也不可能相知的距离。那同时也是他与自己，他与别人，以至和万物之间的距离。

论人性

　　人性，顾名思义，即人之本性，人之定性。我们的成语中形容人性的最多：刚正不阿，见利忘义，谦虚谨慎，狼心狗肺，忠心耿耿，桀骜不驯，贪生怕死……这些成语跟瓷片一样，被我们拿来随意张贴。奇怪的是，张贴一个，就会发现人身上冒出另一个，对立面的词语贴完了，还发现有很多灰色地带得用中性词，可等把所有词语都张贴满了，那个人的面目也就被词语挡住了，我们看见词语组成的句子金光闪闪，但关于那个人的真相，却依然一无所知。

　　但是，我们的文学都认为自己在写人性，其实写的不过是那个人的瞬机一动，问题是每个人时刻都在莫测中灵机闪动，所捕捉只是以定制动，静是可以制动的，定义的"定"字却不能，因为定是死的。哲学上从一开始就提到一个词：认识自己。认识自己，是理解人性的起点。可认识自己这个功课，几乎很少有人在做，大家都忙着认识世界和别人，虽然老子说"五色令人盲"，但所能觉察并相信者却极少。而那些开始认识自己和能认识自己的，却走向一条反方向的道路，越走越沉默内敛，越走越归于缄默。

中国古代，孔子孟子荀子告子都对人性进行研究，告子说"食色，性也"，把人性归结为人的先天欲望；荀子说人性本恶，"人之性恶，其善者伪也"；孟子说"人之初，性本善"，并且提出四心，恻隐之心、羞恶之心、辞让之心和是非之心，人皆有之，进而言说人皆可以为尧舜；孔子说，"性相近也，习相远也"。儒家思想是伟大的，综观各个朝代儒家代表人物所提出的思想，会发现他们都在更为深入地观察了解人性，从张载、朱熹、陆九渊、王守仁、黄宗羲，到顾炎武。这些思想的发展史，说起来就是一部人性研究史、定性史。所以中国古代产生了性善论、性恶论、性有善有恶论、性无善恶论等诸多学说。每个定性都让后来者看到不足，在驳斥后予以弥补，但一部各种观点密密麻麻，看起来就让人头疼眼花的定性史，其实还是没有说透和总结完人性，所以古今中外的文学哲学心理学以至科学中，人性仍被人类自身不断研究、深掘、辨析、翻新。

休谟写过一本《人性论》，其中有些观点颇为新颖，首先他觉察到人的认识过程："我面前有一朵花，首先形成花对眼睛刺激而来的印象，事后我想起刚刚看见的花（即观念），这朵花很漂亮因而让我产生一种快乐的感觉（即反省印象），之后我总能想起自己看花时的快乐感觉（即观念）。"既而他质疑人的思维，说"人的思维（或者说灵魂、心灵）不过是一系列观念的联结和转移，并不存在实体"。但是，休谟的问题还在于，他认为这些通过深入的思考和观察可以给人性定性，而心理学其实已经开始质疑，思考问题是通过头脑，头脑是否可以认识头脑本身？这个质疑，就明显在探索上上升了关键的一层。

文学界最广泛使用的词是人性，什么是人性？这个词，恐怕不仅仅是指心理上的反应和外在行为的呈现，而是对人，对世界，对宇宙的全面深入认识。如果这种认识上没有完成，那么所谈人性一定是有问题的。

但是，这种对人性认识又是极难的，纵观人类的思想史，错误多于正确，黑暗多于光明，堵塞多过透气孔。就是好不容易有几个人的意识某瞬间从透气孔爬出去，但生而为人的生理和习气局限，一定会又把他拉回来，让他看起来泯然于众人。

对人性的认识，向外探索出路难，向内更难，因为外在尚且可见可寻，但返回来对自己的认识，飘忽到对心念的捕捉，非常不易。且就是观察到了，要想让人对自己如实和真实，也更为不易。比如，多数人认为自己是好人，假如回到念头上，负念一定远多于正念，所以，这个久久的审视，不是让人沮丧崩溃，就是让人想要逃避。可是，对人性的认识，又必须拿自我开刀。因为，什么是人性，包含的第一层意思即什么是人，什么是人，即我是谁，我是谁，那就牵扯到人的大背景，也就是人的来龙去脉，这又成了哲学上那个终极命题，我从哪里来，到哪里去。所以不曾把这三个问题想通透，就谈不上认识人性。而走通这三个问题，必须通过自我认识。人能认识自己，才能认识别人。然后次第归位，人才能找到自己和自己、和人、和世界、和宇宙的正确关系，而后所有的定性才能有点眉目。

而这个眉目真找到了一点，你就会发现人是宇宙的全息图，奇妙而不可言说，不可定义。但人的头脑每天所做的事情无非就是归纳定义存档，看看我们的微博微信就知道了，天天都有人出事，都有人落网。一旦落网了，讥讽嘲笑和道德评定，总是胜过深入的思考根源（当然，根源与思考基本无关）。人到底是什么？可以就一件事一个问题认定和判断一个人吗？如果可以，看看脚下这片大地，粪便陷阱毒蛇火灾杀人犯都有，如果这些东西是恶的，那么诞生它的大地也是恶的。粪便是恶的，对于最美妙的植物界，它却是求之不得的美味；陷阱是坏的，它可能是某些生物的伊甸园；毒蛇之毒令人畏惧，但它依然是良药；杀人犯可憎，可对于爱他的人而言，他依然是世上最好的天使。我们都知道大地之母的宽宏慈悲，和太阳一样，照恶人也照善人，没有分别的接纳给予，让所有之物的存在都如同随着地球之母的呼吸与吐纳。所以，如果有恶，局部就是恶。如果有善，回归无限就是至善。

有人说，人性在自然属性中本无善恶，犹如白纸，但在社会属性中，逐渐形成善恶的一体两面。这里的人性一词也涵盖得比较庞杂含糊，因为无善无恶是人之本性，有善有恶，是人行进于社会中时生发的自然习性。这里面的层次感，孔子说出来了，"性相近也，习相远也"，这其实就是孟子为何说人性本善，因为追究到根源的无善无恶，就是大善至善，甚至你到此，都分辨不出这种大境界——这种无限是一个空间概念，还是一个品质概念。它的确超越人之头脑所能理解的思维，是不可思不可说之境，是般若无知又无所不知之境。

人性的本体即善，和习气的于事有恶，从观察大自然也可得出结论。比如树木，本性的部分不会动，比如树的物质属性，但树生长在一个特定环境中，泥土下的根不得不争夺水分，裸露在外面的叶子不得不随风而摇。树的摇动和汲取水分，能定义树是善是恶吗，说得再长远点，穿越树生长过程的各种表现，树最终的目的却是开花结果，这又通向对自身生命奉献的绝对之至善。人性还可以从河流中进行观察。河流不停流淌，不停改变。早晨和晚上不一样，平缓时和遇到巨石时不一样。河流也会碰到狗屎，弄得一团狗屎味，可流水不腐，河流会自我清净，河流也会越过狗屎，重新成为清泉。有没有狗屎，根本改变不了河流本身。

《易经》云："一阴一阳之谓道，继之者善也，成之者性也。"一个理解了人性的人，是融化了善恶，理解了阴阳存在之妙理的人。他会像理解河流一样，去理解人性。他不会给人下定论，也不会给自己下结论。他知道无论是人己的河流，都会不断冲破各种认定，所以才说理论是灰色，生命之树常青。长青是你看不准，是你永远不知道自己，也不知道他人身上会冒出什么莫测。何况，一条向上的路真的太难，像王尔德说自己，一个真理，你可能在前半夜艰难地得到，又在冷冷的后半夜一不小心就失去。失去就失去了，能说明什么？说明一条河流就被堵塞死，就是垃圾，垃圾也是自然界最美的肥料。人性那条河流流动的东西，不是人眼和人局限的头脑能够看透看全并且认识得了的。相信每条河流都难免会踩到狗屎，但每一滴水最终都不会浪费，每条河流弯弯绕绕，都是在百川归海，这不是人期待或者定义就可以阻止或决定的。睁开眼睛向前看，戏剧一直在上演，人生一世尚且说不准看不准，何况这生生世世在上演的故事。所以，从自身出发，观察人的思维是什么，头脑的可信度有多少，自己的自相矛盾说明着人性的什么问题，了解真实的存在形态是什么，比定义和评断人性，和认为自己能够轻易描述和看清人性，要重要得多。